在寒冬温暖一朵花

石兵◎著

金城出版社
GOLD WALL PRESS

图书在版编目（CIP）数据

在寒冬温暖一朵花 / 石兵著 . —北京：金城出版社，2017.6
ISBN 978–7–5155–1481–9

Ⅰ. ①在… Ⅱ. ①石… Ⅲ. ①散文集–中国–当代
Ⅳ. ① I267

中国版本图书馆 CIP 数据核字（2017）第 133161 号

在寒冬温暖一朵花

作　　者　石　兵
责任编辑　雷燕青
开　　本　700 毫米 ×960 毫米　1/16
印　　张　15
字　　数　122 千字
版　　次　2017 年 7 月第 1 版　2017 年 7 月第 1 次印刷
印　　刷　三河市腾飞印务有限公司
书　　号　ISBN 978–7–5155–1481–9
定　　价　36.00 元

出版发行　**金城出版社** 北京市朝阳区利泽东二路 3 号
　　　　　　邮编：100102
发 行 部　(010)84254364
编 辑 部　(010)64210080
总 编 室　(010)64228516
网　　址　http://www.jccb.com.cn
电子邮箱　jinchengchuban@163.com
法律顾问　陈鹰律师事务所　(010)64970501

序 言

在那些流淌喜怒哀愁的弦柱年华里，在那些静守四季炊烟的红尘巷陌中，总有一些人与一些事悄然伫立笑颜如花，在不经意间，便抚平了青春的疼痛，温润了懵懂的情愫，滋养了多变的心灵。在平淡的人生旅途中，他们真挚的情感如同一杯酒，沁人心脾历久弥香，无论是醇厚亲情的感动，还是懵懂爱情的甘甜，抑或是真挚友情的绵长，都是滋养人生向上生长的正能量，令人甘之若饴回味悠长。

在情感美文的阅读中，可以感受到心灵的富足、澄明、洁净，可以摒弃浮躁，陶冶情操，本书正是力图通过文字传递正能量，通过一篇篇言辞优美的情感美文，引导读者学会正确面对情感，感受真挚情感带来的冲击，获取一份源于灵魂深处的感动。

2017 年 6 月

目录

亲情卷

世界上最疼你的那两个人

这个世界，有两个人会不计回报地疼爱你，从你牙牙学语、蹒跚学步，到横冲直撞、伤痕累累，这两个人会一直在你的身边守护着你，会一直在你的身后注视着你，会藏在你的快乐之后为你快乐，会挡在你的痛苦之前代你痛苦，这两个人，就是我们的父母双亲。

爱情卷

青春不懂雷蒙达花

据说，南美洲海拔4000米的安第斯高原上，长有一种一百年只开放一次的雷蒙达花，它在临终前才开花，然后立即枯萎而死，它开的花芳香扑鼻，每穗约有8000朵。一直以来，无数恋爱中的青年男女都用雷蒙达花象征爱情的忠贞与珍贵，但是，懵懂的青春岁月里，有多少人能真正看清这样一种生长和死亡，能用心见证这样一种等待和绽放，又有多少人能真正懂得雷蒙达花的真正含义呢？

友情卷

流星能飞多久

在浮华的人世中行走，随着阅历渐长，友情会变得更为稀缺，像流星一样划过，看似绚烂，却实则空虚。因此，我们会更加怀念那些纯真如诗的年代里，那些白纸一般纯洁溪流一般清澈的友情。如果说，友情有着流星的炫美与灿烂，那么这颗流星能飞多久呢？或许，这个答案需要我们用一生去追寻。

心灵卷

黑暗中的花香

一天有一半时间被黑夜占据，人生中有一半时间要在黑暗中度过，在黑暗中，阳光沉睡，心灵却在逐渐苏醒，那些阴影里，有一些花香弥漫，也有一些梦境浮现，但最终，它们都将归于心灵的花园。是的，每个人的心中都有一座花园，繁花锦簇、异彩纷呈。

亲情卷

世上最疼你的那两个人

这个世界上，有两个人会不计回报地疼爱你，从你牙牙学语、蹒跚学步，到横冲直撞、伤痕累累，这两个人会一直在你的身边守护着你，会一直在你的身后注视着你，会藏在你的快乐之后为你快乐，会挡在你的痛苦之前代你痛苦，这两个人，就是我们的父母双亲。

母亲住在一朵云里

一

孩童时，母亲带他去一个山坡上看云。那是一个清晨，清澈的阳光倾泻在草尖的露珠上，每一颗露珠都闪亮着，接纳着这个世界的缓慢与悠远。

他随母亲来到一处平坦的草地，母亲指着天边不断幻化的白云，对他说，这些云会满足你的愿望，会变成你想要的那些玩具，你要仔细捕捉它们的变化，因为它只能为一个孩子存在很短的时间，全天下孩子的愿望它都要一一实现呢，你一定要用心，才能找到那朵属于你的云。

母亲说完后，用手轻轻拂过他的头，母亲的手柔软得像天上的云，带着一点皂角的味道，每当忆起，总让他有一丝不真实的味道。

那一天，他真的从一朵云里找到了自己想要的玩具，那是一只毛茸茸的小狗，他清晰地看到了小狗洁白的小爪子和耸动的小鼻子，他兴奋地要把这个发现告诉母亲，却发现，不知何时，母亲已经俯身在不远处的稻田里，她正在侍弄那些幼小的禾苗，母亲的腰深深地弯下去，阳光洒下来，稻田中水光荡漾，禾苗上无数的露珠随着母亲在泥泞中的移动滚滚而落，露珠中倒映的世界瞬间破碎，溶入了泛着黄色泥浆的水洼中。

他幼小的心突然一颤，一个月前，在稻田中劳作的还是健壮黝黑的父亲，可如今父亲只能躺在家中宽大的土炕上。那些可怕的血吸虫，潜伏在稻田深处，竟循着父亲的双腿进入了他的身体，让如山岳一般高大的父亲垮塌了下去。

想起父亲，他的目光顿时黯淡下来，不敢再看母亲。可是当他再次寻找天空中那只洁白的小狗时，却发现它早已不知所踪了。

那是母亲第一次带他看云，那一年，他五岁。

二

母亲总是忙碌不停，她将大把时间放在了稻田里，还会偶尔失踪，然后一脸苍白地出现。他已习惯了沉默，总是一个人来到这个山坡，看天上的白云变幻，找寻那朵为他幻化出心中愿望的云。

他十五岁那年，父亲终于撒手而去，卧床十年，父亲四肢萎缩，面黄肌瘦，十五岁的他抱着父亲，像抱着一把稻草，可是，当他把这把稻草交给母亲时，母亲却在瞬间被压垮了。他这才发现，曾经高大的母亲已经矮了他一头，她俯在炕边，仔细擦洗着父亲的身体，仿佛父亲从未离去。恍惚中，母亲变得朦胧起来，像天上的一朵云般遥不可及，她在迅速变幻着，十年来的变化在这一刻重新浮现，他终于确信，曾经高大、温柔、坚强的母亲已变得矮小、苍老、脆弱不堪了。

十年了，时光也像天上的云朵般无常，他渐渐长大了，母亲却在迅速枯萎。

处理完父亲的后事，他一个人悄悄来到那个看云的山坡。那时天还没有亮，草地上湿漉漉的，天上的云还在沉睡，他小心翼翼地脱下鞋袜，生平第一次走入了那个带走了父亲、圈牢了母亲、养活了自己的稻田。

踏入稻田的一瞬间，一股冰凉的寒意顺着他的小腿冲入脑际，滑腻的黄泥让他脚下一滑，摔倒在一片泥泞之中，他奋力扑腾着，双脚却在黄泥中无法控制，他竟无法在这片只能没过小腿的稻田中站起身来，一瞬间，他明白了为什么母亲自从踏入这片稻田，挺拔的腰身便日渐佝偻，光洁的肌肤变得黯淡无光，温暖如云的双手也变得坚硬干枯。

终于从稻田中挣扎而出后，他趴在草地上痛哭了许久，直到寻找而来的母亲将他揽入怀中，他才擦去眼泪，不顾满身的泥泞，毫不犹豫地再一次走入了那片稻田。

这一次，他没有再惊慌失措，因为他看到，就是在刚才，一直镇定坚强的母亲变得惊慌失措，她抱着他不知道该如何安慰这个已高她一头的儿子，他仰卧在母亲怀中，透过母亲惊慌的脸庞，看到天空中一朵朵云在朝阳的映照下透射出灿烂的光，那光在瞬间便涤荡了整个世界无边的黑暗。他终于明白，原来，那柔弱的白云也有如此坚强的一面。

从此，在忙碌的学习之余，他便会走入了那片稻田，忙碌间隙，他还是会抬头，看天上的云。

看云，渐渐成了他生命中不可或缺的部分，伴随着他的成长。在云中，他看到了无常的人世，他常常想：那些云多像这个世上的事啊，变幻无常无法把握；那些云多像这个世上的人啊，随风飘荡居无定所。

三

母亲仍然是稻田中最忙碌的人，随着他升入高中，从小山沟走入县城，那片稻田已经离他越来越远了，他只能利用周末时间拼命地在稻田中劳作两天。

这时，他有了一个惊人的发现，原来，县城天空的云竟然与小山坡上的云是不一样的，在县城看云时，他发现白云匆促了许多，它们似乎都在向某一个方向飘移，而小山坡上的云几乎是静止不动的，县城的云零散无序，小山坡的云错落有致。由此，他确信，所有的云都在向这个小山坡汇聚，这究竟预示着什么呢？这里，只有自己日夜劳作疲惫不堪的母亲。

当大学录取通知书拿在手中的时候，他犹豫起来，他知道自己上不起这个学，但是，这又是改变人生的最好机会。他不敢把这些事告诉母亲，他知道，母亲已经透支了自己的生命，他已经十九岁了，不应该再让母亲来承担这些沉重了。

高中生活结束后，他在一个黄昏回到家，告诉母亲，自己没考上大学，想去外地打工，母亲听了他的决定后沉默不语，过了许久，母亲才从那个承载了父亲最后十年生命的土炕下取出一个青布小包，母亲轻轻地打开一层层布，露出了一沓崭新的百元纸币。

他的身体不由自主地颤抖了起来，他知道，母亲不该有这些钱。母亲似乎看出了他的疑问，缓缓对他说，娘不会偷不会抢，也借不来这么多钱，你爹病的时候，娘把亲戚家都借遍了，再也借不来钱了，这时有人出主意，说县城里有一个血站，虽然不是公家开的，但是给的钱不少，所以娘就卖了血，血站的人对娘说，正常人卖血没有事的，而且，娘的血型很罕见，很值钱。

他终于解开了心中的迷惑，为什么娘会偶尔神秘消失，为什么再出现时娘的脸会变得那么苍白，为什么娘曾经四次晕倒在稻田里……那天，他抱着母亲瘦小的身体哭了许久，然后取出那张叠得方方正正的录取通知书，和母亲一起又笑了许久。

那天夜里，他再也睡不着了，一个人走到了小山坡上，他抬头望天，竟然发现一片片云正在月光中潜行，午夜的云不再变幻，它们静谧地飘移着，俯瞰着尘世间的芸芸众生。

四

他成了村里仅有的大学生，当怀揣着母亲用血换来的钱走入大学校园时，他有一种彻骨的疼痛，也有着无比的坚定。他对自己说，娘，再等我四年吧。

在大学校园里，他依然常常看云，看着一朵朵白云向着母亲的方向飘去，他的心中充满了平和，他想，这云会佑护着母亲吧。

大三时，母亲生了一场重病，他想休学照顾母亲，但被母亲拒绝了。母亲对他说，娘的病没事，养养就好了，只是可惜了那片稻田，正是播种的季节。

毕业后，他留在城市里，每个月都会寄给母亲厚厚的钱，城市生活忙碌无比，他渐渐丢掉了看云的习惯，还减少了看望母亲的时间，他也想接母亲来城里，但母亲念着那片稻田，不愿来城市，母亲还说，城市里留不住人，城市里的人就像天上的云一样，身子停不下来，心也不知道该放在哪里。

再后来，他结了婚，生活变得更加忙碌，最长的一次，竟然有三个月没有回去看母亲。那时，他的妻子怀了孕，他在公司升了职，他忙得焦头烂额，也就是在那时，传来母亲去世的消息。

那一天，他忍住彻骨的心痛，放下了一切赶往家乡，在车站等车时，他下意识地望向天空，却发现天空澄澈万里，竟然没有一丝云的痕迹，他顿时泪流满面，他痛恨自己竟然这么久没有看云了，竟然没有留意到，它们也有随风而逝的一天。

他把母亲葬在了那个小山坡上，和父亲葬在一起，那一天，天空中白云朵朵，大地上绿草如茵，他走入那片熟悉又陌生的稻田，将一株株禾苗扶正，为它们端正根系，清洁残叶，然后，他就站在稻田里仰起头来，他看到，自己的头顶有一朵大大的白云，那白云像一柄张开的伞，又像一盏点亮的灯，拥有着沉默而巨大的力量。

他确信，母亲走后，一定是住在了这朵云里。

母亲的怀抱最温暖

他是个早产儿，生下来的时候不到三斤重，躺在父亲的大手里，迷蒙的双眼缓缓转动着，似乎是在寻找一个安全的地方。

当时的医学不发达，育婴室只有简单的输液设备。他的手臂太细了，血管比最细的针尖还要细，根本无法输液，再加上吞咽功能不健全，无法进食，短短两天，他小小的眼睛便失去了光芒。最后，他瘦弱的身体开始痉挛，生命力逐渐消退，微弱的生命之光一点点黯淡下来。

就在这时，产后大出血的母亲从昏迷中醒来，马上把他抱在怀中，生怕被人夺走。母亲的动作很轻柔，但带着一股无法阻挡的坚定力量。这个世上任何人都可能嫌弃他，但母亲不会。

偎在母亲的怀抱里，他停止了痉挛。旁边的人都认为他已经死了，只有母亲坚信，他只是睡着了。母亲哭着说，我的孩子从出生就没睡过一个安稳觉，现在，在娘怀里，他能好好地睡一觉了。

医生做了简单的检查后，宣布了他的死亡。但执着的母亲并不相信，种了一辈子地的她只认准一个道理：没有一个孩子会舍得在妈妈的怀里死去。她将他放在胸前，让慈爱的心跳环绕着他，试图叩响他的生命之门。

两个小时后，仿佛是感应到了母亲的心跳，他突然动了一下。母亲惊呼起来，疯狂地呼喊医生。见多了死亡的医生赶来，正想安慰一下母亲，突然发现他紧闭的双眼真的跳动了一下，医生连忙进行检查，果然，脉搏、血压、心跳，所有的生命体征虽然微弱，但并不能阻挡它们顽强的复苏，这个尘埃般微弱的生命竟真的在母亲温暖的怀抱中渐渐恢复了生机。

虽然活了过来，但他的体质一直极差，先天瘦小，换季流感总是第一个将他击倒。父亲叹着气说，这个孩子种不了地、放不了牛，家里是指望不上他了，不过还好，吃得不多，将就着养吧。这孩子是个灾星啊！不但多了他这张嘴，还捎带着把个好劳力也变成了吃闲饭的。

父亲说的是母亲。母亲自从生下他之后，身体就垮了。用当地人的话说，母亲是用自己的命续了他的命。

但母亲并不这样认为，自从医生宣布他的命保住之后，她每天都抱着他，给他呢喃一些不知名的儿歌，拥着他瘦小的身体入睡。母亲知道，因为那次执着的生育，这一生她不会再有第二个孩子了。

三岁左右，他有了懵懂的记忆，知道自己是个天生怕冷的孩子，常会被一阵风吹得瑟瑟发抖，只有偎在母亲的怀里才能温暖过来。童年的记忆里，他的笑声都来源于母亲，所有快乐都来自母亲那瘦弱而温暖的怀抱——那躲避风寒的温暖港湾。

七岁时，母亲执意送他去上学。尽管他已经学会上山捡柴，学会在山坡上放羊，学会拉风箱做饭，学会照顾因车祸而瘫在床的父亲，但为了他的前途，母亲还是坚持让他去上学。

父亲丧失劳动能力的最初几天，精神会不时地出现反常，动不动就打骂骨瘦如柴的儿子，说他是家里的扫把星，带来了一桩又一桩祸事，拖垮了一个本就艰难度日的家。他清楚地记得，父亲一边骂，一边偷瞥旁边的母亲，眼神中有犹豫，有愤怒，还有一丝绝望。在骂得最凶的那一次，母亲突然站了起来，向父亲宣布，她要下地干活，她会想办法支撑这个家，她不会离开。那一刻，父亲突然沉默了，他看到父亲脸上淌满了泪。

长大之后他才知道，原来，他的出生就是个意外：母亲刚刚怀孕时，父亲就想打掉他；他出生后，父亲又想扔掉他，是母亲一直在坚持；如果不是医生认为他不可能存活，父亲是不会同意母亲把他拥入怀中的。父亲对他说，母亲自从把他拥入怀中，便再也没有放开过。

上学之后，他突然迸发出惊人的能量，老师们都说，这个瘦瘦小小的男孩是块做学问的料。闻讯的母亲笑成了一朵花，将他拥入怀里，一遍又一遍地说，我就知道我的孩子是最棒的！他仰起头，看着母亲的笑容，发现那张因风吹日晒而黝黑粗糙的脸庞，像久旱的土地一样布满了皱纹！他把头埋入母亲怀里，悄悄地抹去了眼角的泪水，生平第一次，他感到了揪心的疼痛。

父亲渐渐习惯了躺在床上的日子。在母亲的呵护下，父亲变得慈爱起来。当他拿着一张张奖状回来时，父亲偶尔还会露出开心的笑容。

看着徒有四壁的家和日夜操劳的母亲，他暗暗下决心：母亲，再等我三年，等我上了初中，我就能帮您了！

但是母亲未能等到那一天。在他十二岁那年，母亲倒在了劳作的玉米地里，身体轻如一根稻草。他哭得昏天黑地，把头深深地埋入母亲的怀抱，想随她而去。此时他突然感觉到，母亲原本有些僵硬的身体竟然变得柔软起来，而且有一丝直透心脾的暖意从母亲的怀中缓缓融入了他的身体……

于是，他止住悲伤，发下誓言：母亲，您放心吧！我一定会好好学习和生活，咱家的日子会越来越好，您会因为儿子感到骄傲和自豪！

母亲去世后，在社会的帮助下，他没有辍学，一边照顾父亲，一边上学。利用课余时间，他为父亲制作了一张简陋的轮椅。在母亲去世后，父亲变得坚强起来，坐在轮椅上打水、做饭、收拾房间，默默地做着力所能及的事情。他想，如果母亲在天有灵，一定会因为自己的努力而心满意足，因为父子二人终于消除了隔阂，成了相依为命的亲人。

他牢记着在母亲面前立下的誓言，发奋努力，成为方圆百里第一个博士，并有了一份令乡人羡慕不已的工作，是村里最有出息的孩子。村里人都说，这孩子是天上的星宿下凡，一生下来就不同寻常；也多亏了他娘那样的女人，能受得了那样的苦，养活得了这样的孩子。

多年以后，回忆起母亲的离去，他想，一定是老天等不及了，不忍心让母亲再品尝人世的酸楚，带她去了天堂。母亲留给了他最重要的遗产，那一丝丝已经渗透骨血的融融暖意，常常让他在午夜梦回时，能够重温在母亲怀中的那份历久不变的温暖。

你的“卑微”是我成长的沃土

一

母亲去世之后，父亲只是抹了几把眼泪就恢复如常了。我觉得父亲不够爱母亲，甚至在操持母亲丧事期间，父亲还不忘照顾家里的两亩薄地。但我觉得，父亲对我的爱是毋庸置疑的。在父亲的世界里，我就是全部。为了不让我感觉到家的残缺，每天黄昏，父亲拖着一身疲惫从地里归来，立刻马不停蹄地扮演起母亲的角色，他扎起围裙忙活饭菜，上上下下地收拾家务，嘴里还唠唠叨叨个不停。

我也有令父亲骄傲的资本，我的成绩一直名列前茅，特别是当我成功考取市里的重点高中后，父亲简直笑成了一朵花。他根本不去考虑高额的学费该如何解决，只是笑个不停。在他看来，这个世代务农的家族将出现第一个脱离耕作与贫困的人，这绝对是件天大的喜事。

当父亲告诉我将陪我同去重点高中所在的城市时，我震惊之余立刻表示了反对。学校是不允许陪读的，而且父亲在城市里没有生活来源，照顾自己都困难，更别提照顾我了。当然，还有更为重要的原因，父亲太土了，我知道城市的繁华，害怕被那些衣着光鲜的同学笑话。

虽然我极力反对，但父亲还是执意随我来到了那座城市，他近乎执拗的爱令我无从闪避。当我们走入人声鼎沸的校园时，我感到自己与周围的一切格格不入，而这都是源于父亲，他衣衫破旧、一身土气，走在人群中显得格外扎眼。看着他旁若无人地东张西望，我恨不得找个地缝钻进去，感觉四周的人都在看我们，用一种高高在上的目光。

少年的虚荣让我无法坦然与父亲并肩行走，我低着头快步前行，想与他拉开一些距离。也许父亲觉察到了我的异样，他的脚步渐渐慢了下来，我与他的距离渐渐拉大。最后，他竟停了下来，远远地躲到了一棵树的阴影里。

父亲在城市住了下来，并很快找到了一份处理垃圾的工作，每天负责将几个路段的垃圾箱清空，装进垃圾车运出城外。父亲对我说，这活比种地强多了，一个月能挣一千多块，除了交学杂费和房租，还能存下点钱。我看着兴高采烈的父亲，心里有种说不出的滋味。每次与父亲见面，我都像做贼一样，偷偷摸摸跑到那间低矮的出租房。父亲从不去学校找我，甚至连学校附近都很少去。

父亲每月给我六百元钱，同学们都羡慕我有个殷实的家庭。渐渐地，我也陶醉在自己编织的谎言中，甚至有片刻忘记了父亲那张菜色的脸。

二

初夏的一个周六是我的生日，我大方地请一些同学吃饭，没想到竟会遇到父亲。那天晚上，当大家说说地笑笑地从饭店出来准备打车返校时，突然闻到一股恶臭。寻味望去，看到一个身穿红色工服的人上半身正费劲地钻入一个垃圾箱，使劲翻动着里边的垃圾，有一些垃圾凝固了，他就用手掰开它们；嫌手套碍事，他干脆把手套扔出来继续干……阵阵恶臭随着他的翻动在空气中四处溢散，旁边的行人则一个个掩住口鼻，唯恐避之不及。

看着那个忙碌的身影，我心头大震。那个熟悉的身影陪伴了我十七年，没错，那是父亲。同学们纷纷皱着眉头掩起了口鼻，我不敢回头再看父亲一眼，我害怕他会发现自己的儿子。在飞速前行的出租车里，五彩的霓虹灯在我的眼前闪过，我的心中满是愧疚。

父亲对那晚发生的事情一无所知，他为我补办了生日，给我买了最爱吃的红烧鸭脖和爆米花。父亲和我默契地保留着我们之间的小秘密，在城市里，虽然我们相依为命，却没人知道我们是一对父子。父亲为了照顾我，连寒暑假也不返回村里，他说学费重要。

我们就这样波澜不惊地在城市里生活了两年，可就在我即将升入高三时，麻烦来了。我的成绩一直不错，班主任也对我十分重视。在高二期末考试之后，班主任宣布要举办一次家长会，主要是讨论高三分科的事情，班主任要和所有家长逐一进行交流。说到这里，他特意点了我的名，要我无论如何要把父亲请来，想请他谈谈家庭教育的成功经验。

班主任讲得兴高采烈，我却听得心惊胆战。我知道，这次无论如何也不能再编造一些父亲工作忙的理由来搪塞这要命的家长会了。

周末，我来到了父亲低矮的出租屋，思忖着该怎样把这件事告诉他。父亲觉察到了我沉默里的异样，但他没有说什么，只是忙碌着为我准备饭菜。晚饭之后，我战战兢兢地说出了想让父亲假装乡镇干部去参加家长会的想法。父亲呆住了，他看了我一眼，眼中闪过一抹光亮，随即又黯淡了下去。那一晚，父亲再没有说过一句话。

三

第二天清晨，我忐忑不安的心终于安定了下来，父亲答应了我的提议，尽管这个提议是如此荒唐，如此令他伤心。

吃完早饭，父亲从床底取出了一个大箱子，他打开箱子，变戏法一样地从里面取出了一套陈旧的西服和一个半新的公文包。他打开公文包，从里面取出一沓厚厚的“公文”。

我惊呆了。父亲穿上西服，夹着公文包，昂起头来走了几步，还真有几分干部的派头。我又惊又喜，正想夸奖父亲几句，却看到他怔怔地流下泪来。这是我第一次看到父亲哭得这么吓人，他皴裂的脸颊轻微地抽搐着，似乎在努力克制自己的情绪。他双眼通红，布满血丝，似乎一夜未睡。

突然，一连串的疑问涌上了心头：父亲怎么会准备这些东西？很显然这不是一晚上就能准备好的。在我的追问下，父亲终于说出了深埋心底的真相。

在得知我考上重点高中之后，父亲就已决定背井离乡了。高昂的学费和日常开销根本不是家中那两亩薄地所能负担的，父亲悄悄变卖了家里的老屋，用这笔钱交了我的学费。在来到城市的第一天，父亲的满心欢喜就被我刻意的疏远冲散殆尽。就是在那时，父亲想起了母亲在世时对他说过的一番话。

原来，母亲早已觉察到我的虚荣，她听见过我的梦呓，偷看过我的日记，知道我一直幻想着有个身为乡镇干部的父亲。她为我的虚荣感到愤怒，但当母亲对父亲说出这一切并试图教训我时，父亲却阻止了她。来到城市之后，父亲偷偷买了“道具”。这一切，都是父亲在做准备，准备为我圆那个越来越根深蒂固的谎言。但父亲心里始终还抱有一丝幻想，希望儿子能够正视自己的父亲。他拼命地工作，希望能让我的生活更好一些。

父亲苍老的脸上沟壑纵横，一股掩饰不住的悲凉令我内心震颤。父亲背井离乡陪我来到这城市，独自承受着陌生人的冷眼与训斥，整日与垃圾为伍，只是为了圆我那个虚荣的谎言，为了我那点可怜的假自尊。我生日那天，父亲明明见到了我，却主动藏入了肮脏的垃圾堆。

我泪如雨下，抱着苍老的父亲泣不成声。我告诉自己，我的父亲只是一个农民，只是一个收垃圾的临时工，但他是生我养我的父亲。作为儿子，从今以后，我要守护他的尊严。

父亲依旧穿着那身“行头”去参加了我的家长会，他说，收垃圾只是在工作的时候脏一点，参加儿子的家长会穿得干净体面一点是应该的。我坦率地向班主任介绍了父亲的情况，班主任不仅没有半点鄙视，反而夸我是个好孩子。

我终于明白，你平凡而“卑微”的工作，恰是我仰望的星空、成长的沃土。无论你在做什么，我都爱你沧桑的脸。

母亲身后有条河

父亲去世后，母亲就从未露出过笑脸，以至于他竟然渐渐遗忘了母亲年轻时笑的模样。在残留的模糊记忆里，只有一件事情他可以确定，那就是，母亲年轻时很美，是四乡八村里出了名的美人，在父亲去世后不久，就有人登门劝母亲改嫁了。

那时的母亲还不到三十岁，依然青春貌美，如果改嫁，一定会找到一户好人家，但她拒绝了，在操办完父亲的丧事后第二天就下了地。因为父亲的病一拖半年，家中的庄稼地里早已长满了野草，从未下地干过农活的母亲在地里一干就是一天。

年仅四岁的他至今仍清晰地记着那天发生的一切。清晨，母亲让他坐在田埂边上，然后一个人荷着锄头在地里松土，他不明白，为什么那天清晨的阳光如此强烈，竟让母亲转瞬间便汗流浃背，母亲额头的汗珠不断滴落入黄土地，渐渐与大地溶为了一体；中午时，母亲和他一起在庄稼地里吃一块从家里带来的烙饼，那饼硬得像石头一样，咯得他嗷嗷大哭，母亲就把饼一点点嚼碎然后喂到他的嘴里，他看到母亲用力咬着那坚硬的食物，嘴角不断有红红的血丝渗出来，那饼上似乎沾染了母亲的血，他吃在嘴里咸咸的；晚上回到家之后，母亲烧了一锅水，把那些坚硬的饼泡在水里，让它们变软，然后再给他吃，在做这一切时，他看到母亲的腰不自觉地弯曲着，脸上全是泥污与汗水。那一刻，他觉得母亲真丑。

日复一日的劳作让母亲迅速衰老了，白皙的皮肤变得黝黑，光滑的脸上有了皱纹，腰身变得佝偻，双手变得粗糙，身上再也不是清香的皂角味道，而是变成了汗渍浸透的酸臭味道。随着母亲变得越来越丑，那些络绎不绝来劝母亲改嫁的人渐渐消失了。

他则在一天天长大，学会了烧水、劈柴，每天，母亲都会带他下地干活。在庄稼地不远处有一条大河，灌溉时，母亲就会提着两只木桶来河中取水，他则独自在河边看水中的小鱼，那些小鱼成群结队，在水中飞快地穿行，让他兴奋得大叫不止。

只是，看到母亲来取水时，他总觉得有一些别扭，因为来河边取水的人无一例外都是黝黑健壮的男人，只有他的母亲，黑瘦矮小，动作僵硬，常常提着两桶水走上几步就要停下来大口喘气休息好一会儿。他曾试着提过那只木桶，但很快败下阵来。他知道，自己还没有长大，他是多么希望自己快些长大啊，但是时光总是不徐不疾，不曾对他网开一面。

因为缺少营养，他的体质很差，经常感冒，吃药之后，母亲会紧紧搂着他，希望能减少一些他的痛苦，但他却在母亲带着泥土和汗水的酸臭味道的怀抱中退却了。他突然有点埋怨母亲，为什么不再给自己找一个父亲呢？这样活着，真的是太累了。

或许是感觉到了他的抵触，母亲轻轻叹了口气，有两滴大大的眼泪流了下来，那泪水顺着母亲脸上渐渐丛生的皱纹缓缓滑落，掉落在他的脸上，他抬起头，看到那些皱纹深处残留着一抹泪痕，那粗深的皱纹像极了田间地头被露水打湿的野草。

七岁那年，他上了学。从上学那天起，母亲没有让他再去过一次地里，家里的活也再不让他做一星半点。母亲更加忙碌了，干完地里的活，回到家还要替人纳鞋底以赚取微薄的报酬。母亲最大的乐趣就是看到他放学回家，在那张破损的小桌上写字学习，看到他一本正经做学问的样子，母亲常常笑得皱纹绽开，笑成了一朵花。这是他第一次看到母亲笑，但他没有感觉到一点美，三十三岁的母亲已经不再年轻了，短短三年，她似乎已经告别了一个女人最美的青春时光。

母亲衰老的同时，他渐渐长大了，说不清是为了什么，他总是拼命地学习，村里的人都说这娃有出息，他娘的苦没白受，但他却知道，自己这样做其实并不完全是为了母亲。

他心中一直有一串疑问，为什么自己一直与母亲相依为命？难道父亲母亲再也没有其他的亲人吗？母亲为什么不改嫁呢？为什么一定要一个人苦苦地扛起这一切？他知道，要解开这个疑问，他一定要出人头地。

转眼又过去了多年，他考上了一所外地的大学，成为了村里第一个大学生，他觉得是时候解开疑问了，在离开村里的前一天晚上，他向母亲道出了心中的疑问。

母亲看着已经长大成人的他，眼中闪过一抹欣慰。她对他说，他的奶奶是一个好人，孤儿寡母日子过得比黄连还苦，但看到路边的弃婴还是毫不犹豫地收留了下来，那个弃婴就是母亲。

母亲说着说着就哭了起来，清亮的眼泪划过黑黄色的脸庞，在黑夜中闪闪发亮。母亲说，奶奶的命和自己多像啊，都是花一般的年纪丧夫守寡，都是一个人带着儿子长大成人，唯一不同的是，奶奶还收留了一个弃婴，两个孩子彻底压垮了原本强壮的奶奶，就在父亲长大成人之际，奶奶得了绝症，面对那高昂得吓人的医药费，奶奶在一个深秋的夜晚跳入了与自家田地毗邻的奔腾的河水中。

母亲对他说，没有你奶奶和你爹，就不会有你娘，娘就想，他们走了，我一定要把你养大，不让你受委屈，可是，还是让你受了不少委屈啊。娘在地里干着活有时也会想，转身跳进去不就行了？不就没了痛苦了吗？像你奶奶一样。但是，娘不敢回头啊，身后那条河太凶了，娘只要一回头就会掉下去的，娘掉下去不打紧，可是你怎么办呢？所以娘不敢回头，娘怕这条河带走了娘，你一个人活不下去啊。

听着母亲的话，他早已泣不成声，他没有想到这一直困扰自己的问题答案竟是如此。母亲身后有条河，母亲身后有条河啊，这河流不但能滋养大地，原来也能滋养人生，那苦难的人生正是因为大河浩荡而变得坚强无比，奶奶的纵身一跃与母亲的永不回头因为这条河的映衬而变得金光熠熠，他知道，那是他要用一生来珍惜的无价之宝，无论未来的命运有多么不公多么痛苦，他都要把这份责任传承下去，因为，那就是爱。

父亲的敲墙声

晚上十点，隔壁又传来了父亲的敲墙声，错落有致的敲击声在静谧的夜里显得格外动听，墙的另一边，儿子听着这熟悉的声音，脸上浮现出一抹会心的微笑。

一旁的儿媳妇不乐意地说：“又傻笑了，在我跟儿子面前，从来没见你这么高兴过。”

儿子连忙把手指放在唇边：“嘘，小声点。”

父亲的敲击声一直持续了大约五分钟，正是一首歌的时间，儿子躺在床上静静听着，一直到敲击声停止，儿子才轻轻伸出手指，在墙壁上轻轻敲了几下，作为回应，隔壁又传来两下敲击声，然后一切都安静了下来。

二十年来，相似的情景已经无数次上演，这已成为父子俩的必修课。母亲去世，儿子娶妻，孙子出生，都没有阻止过父子俩的约定。

儿子的童年并不美好，三岁时，儿子就表现出非同一般的音乐天赋，他常常跟着收音机中的音乐起舞，小小的手指随着音乐节拍敲打不停。有一天，一位音乐老师偶尔见到了正在家门口敲打节拍的儿子，一时惊为天人，他对母亲说，儿子的潜质惊人，如果可以，他愿意教儿子弹钢琴。但是，当音乐老师走入儿子的家门，看到徒留四壁的家和瘫痪在床百无聊赖的父亲时，却不发一言静悄悄地离开了。

相似的情景还不止一次重现过，儿子的音乐天赋没有被发掘出来，但父亲却对音乐表现出了浓厚的兴趣。父亲让母亲买来大量音乐书，开始自学起音乐知识，还常常跟儿子探讨音乐，但是，渐渐懂事的儿子却毫不犹豫地放弃了对音乐的热爱，他甚至一见到父亲谈论音乐就立刻转身而出，回到自己的小屋一待就是一天。

家境的贫穷让儿子小小年纪便对人生有了清醒的认识，七岁时，他曾经悄悄跑到一家乐器店，在一架洁白的钢琴前呆立了许久，那钢琴真漂亮啊，如果把它搬到家里，自己一定会弹奏出无比动听的音乐，但是，他知道钢琴标签上那个天文数字是自己家无法承受的，母亲没日没夜的辛劳也只能勉强维持家中的温饱而已，他根本没有资格拥有这个高贵的梦想。这时，他不由自主地有些恨父亲，父亲明明知道自己学不起音乐，还总在他面前谈论音乐，这真的不可原谅，希望父亲早一些停止这无聊的举动吧。

令儿子失望的是，父亲似乎真的迷上了音乐，儿子一回家，父亲就会自顾自地说个不停，说到高兴处，他还会用他那修长干瘦的手指在墙壁上敲击不停，那声音零散空洞，听在儿子耳中更是变得刺耳而充满嘲讽。

儿子渐渐长大了，他习惯了父亲的无所事事和痴迷音乐，虽然父亲敲墙的技术越来越好了，有时甚至会抑扬顿挫地敲上半个钟头，但儿子仍然提不起半点兴趣，倒是母亲喜欢上了这种声音，听到父亲有节奏的敲击声，母亲的脸上便会露出笑容，那笑容在母亲皱纹密布的脸上绽开，有一种说不出的滋味。

父亲注意到了儿子的反感，他眼中常常会闪过一抹伤感，更让他担忧的是，随着年龄增长，儿子变得沉默而敏感，这是很危险的事情，该怎么办呢？父亲若有所思。

儿子十六岁生日那天，父亲用手指给他敲了一曲《生日快乐》，看到儿子的脸色略有缓和，父亲小心翼翼地说："孩子，我想跟你约定一件事。”

“什么事？”儿子有些不耐烦地问。

“每天晚上睡觉前，爸爸会在墙上给你敲一支曲子，你如果听了，就敲敲墙回应一下。好吗？”

儿子下意识地想拒绝，但看到父亲一脸的紧张和母亲一脸的祈求，他犹豫了一下，点点头答应了，但他接着又提出了自己的要求，希望父亲除了晚上敲一支曲子，其他时间就不要再谈论音乐或是敲打墙壁了。

从此后，父亲一直执着地履行着这个约定。在夜深人静时，父亲的敲打声总是会准时传来，起初，儿子仍然会焦躁不安，但渐渐地，一切都发生了改变。

夜深时，听着父亲有节奏的敲墙声，儿子的心竟然渐渐平和下来，那敲打声让寂静的午夜具有了某种震慑人心的力量，它似乎把暗夜中隐藏的真实逐一显现了出来，让儿子有了面对内心的勇气和力量，他渐渐陶醉其中，想起了许多尘封的往事。他想起童年时自己坐在父亲肩头开心地笑着，他想起父亲健壮的手臂是那么温暖而安全，他想起躺在床上的父亲在午夜里悄悄落泪，众多往事纷至沓来，让他清晰地看到了一个一直被忽视的父亲，突然，他的心猛然颤动了一下，他想起了如今正在隔壁用心敲打墙壁的父亲，紧接着，这种颤动剧烈起来，终于，儿子心灵最深处最柔软的所在被触动了。在简单的敲击声中，他听到了许多东西，有倾诉，有痛苦，有坚强，还有一颗父亲博大而脆弱的心。

儿子十八岁的时候，积劳成疾的母亲去世了。弥留之际，她拉着儿子的手说：“别怪你爹，他心里比谁都苦，但是，他答应过娘，不能走在我前面，现在，我要你答应我，让你爹好好活下去。”

母亲走后，儿子哭着把父亲从床上背起，把他背到母亲坟前，父子俩抱头痛哭了一场。那一刻，他终于能够正视自己的父亲了，虽然，父亲在他三岁时就因为一次事故失去了双腿，但父亲对他的爱却从未有过一丝残缺，想起心如死灰的父亲强装笑颜与他谈论音乐和敲击墙壁，他的心中总是充满了深深的愧疚，他知道，那是父亲在用自己的痛苦为他带来生活的希望。

以后的日子里，他习惯了每个夜晚倾听隔壁父亲的敲墙声，后来，听众里多了他的妻子和儿子。

儿子曾经问过他，爷爷为什么要敲墙呢？他回答，那是爷爷和爸爸的约定，爷爷是在用墙弹奏音乐呢，你听，爷爷弹得多好听啊，比世界上任何一种乐器都好听，因为爷爷是用心在弹，弹一首叫作爱的曲子。

油灯中的父亲

一盏油灯 \ 陪着我走过了 \ 一段最孤寂的路 \ 而今 \ 油尽了 \ 灯却未枯。

他俯身在病重的父亲的榻前，流着泪读出了这首小诗。床边的小桌上，一盏小油灯闪烁着微弱的光芒，在两个男人长短不一的呼吸中摇曳不止。

这盏小油灯比他还要年长，这是父亲当年下乡时母亲送给他的。只是在他的印象中，母亲的形象早已模糊，她给予他的温暖甚至还不如这盏小油灯。

上世纪七十年代初，在短暂的知青生涯结束后，父亲带着他回到了城市，陪他一起归来的，不是母亲，而是这盏小油灯。从此后，母亲成为了一个陌生的名词。

关于母亲的去向，其中的真相不甚了了，只在父亲的一次酒醉后稍显端倪。那一次，父亲喝得人事不知，却死死抱着那盏小油灯，他一次次小心翼翼地为它添加灯油，却因为醉眼迷蒙一次次将灯油洒在地上，最后，父亲突然哭了起来，他低声啜泣着，伴随着模糊不清的话语。

父亲说，走就走了，为什么要留下一盏灯，留下这个念想。你知道吗？孩子都这么大了，还没见过娘。

那一刻，年仅六岁的他就在不远处的床上假寐，父亲的话更加坚定了他心中所想，一定是母亲抛弃了他和父亲，可狠心的母亲却留下了一盏灯，让父亲在无尽岁月中守候着孤独。

从此，他恨上了那盏油灯，很多次，他想摔碎这个乌黑破旧的铁疙瘩，可一想起父亲小心翼翼为它添加灯油的模样，他就再也下不了手。

或许是发现了他有毁坏油灯的想法，父亲更加珍视这盏油灯，除了上班，父亲几乎一直把它带在身边，每天晚上，把电灯关闭后，父亲会悄悄点亮油灯。无数次，他午夜梦回，都会见到父亲正在痴痴面对着油灯流泪，琥珀色的灯油在灰黑色的油灯中燃烧，散发出雾白色的光，映照在父亲沟壑遍布的脸颊上，像一场梦幻般挥之不去。

渐渐地，他长大了，习惯了油灯的存在。他渐渐明白，油灯已成为父亲的一种寄托支撑着父亲。这些年，父亲一直没有续弦，父子两个相依为命，其中的艰辛罄竹难书，他不知道父亲为什么会这样选择，这疑问就像母亲的去向一样令人费解。他发现仍然有许多秘密自己并不知晓。

他相信，秘密就在那盏油灯里，因为父亲近乎疯狂地珍惜着这盏油灯。他清晰地记得每一次父亲为油灯添加灯油的情景：父亲眼中充满柔情，双手微微颤抖着，一手将灯芯挑起，一手用油壶将灯油缓缓倒入灯槽，那一刻，父亲的神态与平日的浑噩呆板判若两人，他神情专注神采奕奕。他觉得，只有在这一刻，父亲才像是一个活生生的人。

终于有一天，趁着父亲上班，他悄悄回到家中，拉上窗帘，点亮油灯，他仔细观察着那盏油灯，认真抚摸着油灯的每一寸身体，竟然在油灯底部发现了一排小小的斑驳，那像是一行字。他翻过油灯，不顾滚烫的灯油流向手背，终于看到了那改变了他一生的八个字：小小油灯，点亮一生。

这如箴言般温暖深情的字句没有任何落款，字体也并不端正优美，甚至有些歪歪扭扭，但当他看到这八个字，却立刻断定，这一定是他未曾谋面的母亲留下的。他看到，那行字虽然经历岁月磨蚀却依然光滑而醒目，这显然要归功于父亲数十年来从未间断的抚摸与擦拭。

以后的岁月里，他一直在思考这八个字的含义，却总是不得甚解。一直到去年，年迈的父亲突然病倒在床，按照父亲的要求，每天夜里，他都要将放在父亲床头的油灯点亮，伴随着油灯的一次次点亮，这些年来，关于父亲与油灯的点点滴滴突然涌上心头，他感到一股难以抑制的情绪在心头翻涌，便提笔写下了一首关于油灯和父亲的小诗。

他把诗读给父亲听，听着儿子为这盏油灯作的诗，父亲哭了。弥留之际，父亲终于说出了那个埋藏一生的秘密：你娘没有抛弃我，相反，当所有人都抛弃我的时候是她收留了我。可是，她的命苦啊，你出生时，你娘大出血落下了病根，你两岁时，一场急病就让她匆匆走了，她走前对我说，要我回城后再给你找个娘，她还不要我告诉你她是个不识字的农村女人。她只留下了这盏油灯，每一次点亮油灯，我就好像看到了她。

听着父亲吃力的话语，他不由地将目光转移向一旁的小油灯。微弱的灯光中，他似乎看到了那个未曾谋面的母亲，她微微笑着，在模糊的光影里凝望着父亲和他，恍惚中，他看到，父亲竟也进入了那盏油灯。

父亲走后，那盏油灯便属于他了。每个夜晚，他都会习惯性地点亮油灯，添加灯油时，他目光虔诚小心翼翼，他觉得，这个时候自己像极了父亲。

在漫天星光下吟咏

很久以来，他都认为自己是个不幸的人。一切都源于六岁那年，父母离婚，他得到了一项令他倍感茫然的权力，可以选择哪一个作为日后跟随的亲人。

他选择父亲是因为这样一件事，五岁那年秋天，有一天晚上，父亲带他远离居住的县城，到了郊外一处高高的土坡上，父亲抱着他，让他看满天的星星，父亲对他说，星星很冷，因为夜晚太静了，星星不会说话，所以需要我们吟咏一些诗篇，听到我们的声音，星星就会眨眼睛，那是它在感谢我们。然后，父亲就开始朗诵一些诗篇，他惊奇地发现，伴随着父亲在静寂中的吟咏，天空中的星星似乎真的眨起了眼睛，它们似乎正在向这片低矮的土坡逼近，一直进入他懵懂却温暖的梦里。

那些诗句的内容他早已遗忘，那种奇妙的感觉却深深烙印在了他的心里，所以当他面临选择时，他只是略一犹豫，就把目光转移向了父亲，他看到，父亲的眼神瞬间由冰冷变得温暖起来，那里面有着他一直渴望的事物。

父亲带他到了相邻的另一个县城，租住在一幢破旧的楼房里，从此后，原本一直衣着整洁、举止优雅的父亲变了，他变得黑瘦、邋遢起来，而且变得异常沉默，除了工作、做饭和睡觉，就只是在桌前呆坐。

父母离婚的原因他一直不甚明了，父亲从未向他解释过。在每年秋天的时候，父亲都会选择一个星光满天的夜晚，带他来到那处高高的土坡，大声吟咏一些不知名的诗句，在朗诵时，父亲激情昂扬，语调抑扬顿挫，灰暗的脸颊上会浮现一丝莫名的神采，父亲似乎是要把一年积攒的话语都在这个夜晚说出来。

每一次外出过夜，父亲都会带一个自制的帐篷，里面有简单的被褥，起初的几年，他总会在父亲的吟咏中进入梦乡，第二天醒来时，他就会躺在那个小小的帐篷里，耳畔的枕巾上总会有一丝潮湿的痕迹，父亲对他说，这是因为在野外比较潮湿，枕巾上沾上了露水。他懵懂地点头，心头却闪过了一丝疑问，难道露水的味道是又咸又涩的吗?

随着他的渐渐长大，父子两人的生活变得更加沉默，父亲从不过问他的学习，即使他拿着考了一百分的试卷给父亲看，父亲也只是微微点一下头。自从他选择了父亲，母亲就一直没有出现过，奇怪的是，他对于母亲的期盼竟然随着时光流逝而逐渐变得消失殆尽，相对于渐渐陌生的母爱，他更加憧憬的是每年秋天那一个在星光下深情吟咏的夜晚。

十二岁那年，父亲对他说，可以让他加入吟咏，但有一个要求，必须要吟咏自己写的诗篇，诗句可以赞美星光，可以描绘未来，可以痛哭流涕，可以纵情欢笑，但一切都要出自内心。

他写下了人生中的第一首诗，那是一首关于父亲的诗，虽然稚嫩却无比真实，在那个秋天的夜晚，他第一次大声读出了那首诗，起初时，他的声音很大，但渐渐地却低了下来，因为他发现身边的父亲发出了低低的啜泣声，他第一次看到父亲的哭泣，父亲的眼泪很大很圆，一滴滴洒落在身边的被褥上，他终于明白，原来自己枕巾上的潮湿源于父亲的眼窝。

他学会了写稚嫩的诗句，并逐渐从父亲的诗句中嗅到了一些不同寻常的味道，似乎当年是因为母亲的原因才造成了家的破裂，但父亲却一直对这件事讳莫如深。

父子相依的日子在他十九岁那年戛然而止。那一年，还没等到秋天，父亲就躺倒在了病床上，刚刚接到大学录取通知书的他日夜照顾父亲，还是没有挽回父亲的生命。医生给出的病因是，长期过度劳累引发的心衰。看着冷冰冰的死亡通知书，他第一次发现，自己是不了解父亲的，父亲究竟在做什么工作？为什么经常累得直不起腰，每天都累得倒下就睡？父亲肯定是有文化的，他能写美丽的诗句，为什么没有一份体面的工作？还有，父亲为什么一直没有再结婚？

在整理父亲遗物时，他发现了一个厚厚的日记本，上面除了这些年来父亲写下的诗句，还有一些零零散散的日记。在日记本里，他发现了一个惊人的秘密，父亲离婚的真正原因是自己。

原来，六岁时的一次验血检查，父亲发现他不是自己的亲生儿子，真相让母亲的背叛变得更加无所顾忌，原本就风雨飘摇的婚姻终于走到了尽头，但是离婚时，他的选择却让父亲备感意外。父亲写道，当看到这个没有血缘关系的儿子投来的期盼目光时，我突然想到了那个在郊外的星光下深情吟咏的夜晚，我突然意识到，他就像那个夜晚一样单纯，就像那晚的诗句和星光一样单纯，我想，我必须负起一个父亲的责任，为他的选择负责。

从笔记本里，一切的疑问都找到了答案，是为了怕他受到流言蜚语的伤害，父亲才辞去体面的工作，到了一个陌生的县城四处打短工；是为了怕他会受欺侮，父亲才一直没有再婚，也一直没有再去求助熟人和朋友；是为了让他健康的成长，父亲一直坚持带他在秋天的夜晚去那个高高的土坡，深情吟咏那些赞美人生的诗篇，让他感受心灵的纯洁与理想的唯美。

父亲去世的那个秋天，他带着父亲的骨灰来到了那个土坡前，在满天星光下吟咏了一首无字的诗篇，那是一些没有字符的哭泣，没有语言的牵绊，没有音节的零乱，他尽情抒发着对于父亲的怀念，整整一夜都不曾停歇。

一条河流的前世

无数次，他都在这条奔腾的河流前犹豫不决。河对面是流光溢彩的另一个世界，河上却没有桥，对岸的花香鸟鸣与他没有任何关系，与他为伴的是无尽的荒芜与悲凉。

自从十二岁那年成为孤儿，他就再也没有跨过这条河。他永远也忘不了，在那个波涛汹涌的下午，横跨三十米长河的小竹桥上，他和父亲母亲在潮涌的人群裹挟中正在奋力前行，突然，窄小的竹桥响起令人心悸的碎裂声，他甚至还来不及叫一声，就跌入了冰冷的河水中，呛了几口水之后，他开始下沉。就在这时，一只有力的手臂托住了他的左脚，随后一股大力传来，他不断下坠的身体变作了上升，白花花的河水在耳际哗哗作响，他本能地扑腾着双手，奋力向上挣扎着，仿佛过了几个世纪的时间，他才冲出水面，刺目的阳光让他脸上一暖，随后，那只一直托举着他的手松开了。

那一次，河流带走了十七个人，其中，就有他的父母。父亲的尸体被打捞上来时，双手都攥得紧紧的。他看到，父亲的右手紧紧握着一只鞋，那是一只左脚的鞋，那是他的鞋。他顿时想起那只托举他左脚的有力大手，怪不得那只手感觉如此熟悉。他强抑住悲痛，打开父亲的左手，却发现那只手里握着一只金光烂烂的戒指。他想起来了，这是父亲用打工两年赚回的钱为母亲买的金戒指，是家中最值钱的东西。恍惚间，他终于明白，父亲为了救他，放弃了救母亲的机会，而母亲似乎已经预知了结局，便把最珍贵的事物留了下来，留给了唯一的儿子。

那一天过后的日子里，他常常会做同一个梦，梦中那座拥挤的小桥缺失了色彩，变得冷寂无比，那如裂帛般刺耳的竹桥碎裂声穿过哗哗的流水，让他无数次一身冷汗地惊醒，而醒来后的世界却更加沉寂，没有母亲温暖的手掌擦拭他额头的冷汗，没有父亲有力的大手为他整理柔软的被子，只有无边的寂静，让他的哭声在漆黑的午夜显得格外醒目。

逝者已矣，但他还要活下去，除了继续上学，他还要学会养活自己。父母给他留下了一些钱，但还不够，他必须下地干活，家里有三亩地，在亲戚邻里的帮助下，他很快熟稔了各种庄稼活，他变得忙碌起来，但是一有闲暇，他总会一个人来到河边默默伫立。

渐渐地，他长大了，他的学习出奇得好，考上了远在县城的重点高中。在离家之前，他再一次来到了那条河流面前，那是一个黄昏，看着浪花翻滚的美丽河流，他突然发现，天际的火烧云倒映在河水中，竟然呈现出一种难以言喻的色彩，那被映得红彤彤的河水，温暖涌动，亲切和煦，多么像父母慈爱的笑容啊。他禁不住冲下河堤，用双手捧起了一汪河水，那河水竟然是温暖的，他把脸深深埋入其中，河水混杂着泪水，在脸上汹涌地奔流起来。

三年后，北京的一所大学录取了他，此时，距离父母离他而去的那一天，已过去了整整十年。这一次，他要彻底地离开家乡了，从此后，再也不能在周末回来侍弄庄稼、清扫房屋了。

高考后的假期很漫长，整整两个月，除了晚上回家休息，他哪儿都没有去，每天都会守在河流面前，经历了这么多年，他终于可以真正面对这条河了，终于可以呐喊出心中的疑问了：河流啊，你为什么给我的人生带来那么多痛苦？为什么带走了爹娘，却把我留了下来？

在赴北京求学的前夜，他没有回老屋，而是睡在了呜咽的河流身边。十年前，也曾有那么一个夜晚，他睡在了河流的堤岸上，当时的他心中只有一个想法：如果在睡梦中翻身落河，那就结束自己的生命，如果第二天醒来仍然在岸上安睡，那么，就是父母希望他要好好地活下去。后来的日子，虽然很苦很累，虽然他也曾再次在河边犹豫不决，想要纵身一跳结束这痛苦的人生，但想起那一夜的誓言，他还是坚强地活了下来。

夜漫长无比，这一夜，他失眠了，恍惚中，他想起了十年前那个悲剧发生的时刻，没有人会知道，那一天，如脱缰野马一般的他正在逃学途中，他想要跨过那条河流，追寻彼岸虚幻的光彩，闻讯而来的父母正是随着他踏上了那座摇摇欲坠的竹桥。

想着想着，他的眼睛模糊了起来，突然，他看到河流深处，竟然有微弱的光亮闪起，那微光随河流荡漾着，轻拂过他心中的疼痛，竟将那铭心刻骨的伤痕渐渐抚平了。

他终于找到了心中的答案。原来，河流的前世竟是一盏灯，它们与他的人生魂梦相依，河水与灯盏交相辉映，纵然光芒微弱，纵然暖意朦胧，依然能照亮一颗心的最深处，依然在执着融化着冰冷的世情，而在那急促的河流深处，一盏灯的光亮，将在每一次光阴轮转处积淀薄发，激扬出朵朵浪花，绽放出了彩虹般的光彩。

他知道，那河流带走了父母，却留下了他们的爱，那爱以一盏灯的姿态存在着，跨越前世，照亮了他的一生。

母亲的秘密

母亲躲在岁月深处轻轻敲打着他的睡眠，他的呼吸在母亲轻柔的吟唱中变得均匀，他睡着了，恍惚中，疯狂思念母亲的泪水狂飙成一团凛冽的风，湮没了生命中的每一个细节。

在梦中，他紧紧握住手中的事物，那是母亲留下的唯一遗物，一节灰黑色的木头，在每个寒冷的夜晚，母亲总是用它小心翼翼地点燃小小的炭盆，这小小的热温暖了他寒冷漫长的童年，他清晰地记得，母亲抿着冻成青紫色的嘴唇对他微笑着，而他正在狼吞虎咽一小碗粗糙的小米粥无暇旁顾，等他把碗里的粥舔得干干净净，母亲就给他擦擦嘴角，把他轻轻放在床上，给他披上家里最厚实的一件破袄，随后母亲恋恋不舍地转身，糊满旧报纸的破门刚一打开，寒风就像猛虎一样咆哮着冲了进来，他瑟缩着蜷在床角，而母亲瘦矮的身体无比坚定地挡在了风口，母亲回头看看他，张了张嘴，却终于还是没有说出一句话，她迅速跨出门去，用力地关上门，义无反顾地走向凛冽的寒风。

母亲关上门的瞬间，他突然泪流满面。这个时候，他醒了，每次这个场景出现在梦中的时候，他都会痛苦地醒来，然后他就会更加痛苦地意识到，母亲已经离他而去了。无数个相似的瞬间串连成他的童年和少年时光，这个神圣的瞬间随着母亲生命的终结而永久地定格在他的记忆深处。他记得，在得知母亲去世的那个时刻，窗外一丛朦胧的光线突然映照出母亲的容貌，他似乎听到母亲长长地吁出一口气，她似乎在说，这苦难的人生，终于过去了，可母亲随即又变得疯狂起来，她对着他大声呼喊着什么，沉默寡言的母亲要对自己说些什么呢？多年以来，这个问题成为他心头最大的结。

这个结无法解开，尽管他的人生已经发生变化，他进了收容所，又进了孤儿院，他学到了知识，创了业，有了一笔不多不少的钱，但这个结他依然无法解开，这让他觉得自己和那个在寒屋中瑟缩着的孩子并无二致，没有了母亲，自己依然是脆弱无依的，那座破屋早已消失，他握着手中已磨得光滑无比的柴火棒，无比伤感地想，母亲已经离开二十年了。

一个更令他心碎的无法回避的事实是，母亲死于饥寒交迫。母亲被发现时骨瘦如柴，衣不遮体，在冰冷的街角，母亲伏在地上，脸色惨白得像月光下厚厚的积雪，她黯淡的双眼失去了最后一丝光芒，她的手里还紧紧握着一样东西，那是一块发了霉的面饼，母亲用力地咬着牙闭着嘴，她不会吃这块饼，他无比伤心地想，母亲是想把这饼带回来给他。

突然，他的心中涌出一股恨意，因为他的父亲上个月找到了他，父亲解释说自己当年离开他们母子是迫不得已，父亲还对他讲了母亲的一些故事，他吃惊地得知，母亲原来是一个知书达礼、受过教育的现代女性，他突然隐约记起，母亲总在难得的闲暇用一个小小的枯枝在地上写着什么，他想得头疼欲裂，却还是无法想起母亲当时到底写的是什么，于是他开始痛恨自己，自己只知道饥饿与寒冷，根本不知道母亲这个熠熠生辉的字眼对自己的一生意味着什么。

现在，他知道了，但是，一切都已逝去。

很长一段时间，他一直都不明白，为什么母亲不向人求助，他隐隐约约地知道，母亲的娘家就在不远处的城镇，血浓于水的亲情难道抵不过一个人的执拗和世俗的目光吗？长大之后，他得到了肯定的答案，虽然结果令他心碎，但这个答案却没有让他失望，他自豪而悲伤地想，母亲是站着离开这个世界的，而他，也因为母亲的坚强而变得成熟起来。

一直以来，他很想为自己的母亲写一些东西，尽管他并不是作家，但他觉得有必要记录下自己的情感，因为有一天，他看到了一首诗，诗人说，每当我写下母亲这两个字，我的笔，总是跪着行走。当时看完这行字，他如鲠在喉，他突然想起，自己从未在母亲生的时候跪过她……

上一代发生的事情在他看来并不重要，在他眼里，母亲不论是个什么样的女子，他都无法容忍其他人对她的诋毁，他想如果有人对他的母亲有不敬的言论，他会毫不犹豫地杀死他，他喃喃地说，在公理与母亲面前，我只有一个选择，娘啊，可是，我现在已经没有选择。

他三十岁了，而立之年，孤身一人，默默承受着人世的变迁，大家说他是个冷漠的动物，除了工作之外就像个死人，他听了之后面无表情。有人给他介绍女友，有个女人不时流露出对他的好感，但他没有作出任何反应，他心底里有一个好女人的标准，别的女人谁都比不上她，是的，她是母亲。

母亲美吗？或许少女的时候很美。母亲聪明吗？如果聪明怎么会有这样的一生。母亲温柔吗？印象里母亲只是木讷。母亲啊，为什么，我竟然会描绘不出你的模样。他的思想突然停止，他突然意识到，他的痛苦正来源于此。

他冲出了空旷的屋子，他要去见父亲，他要搜集有关母亲的一切，他要破解心中所有的疑问，他要搞清楚，母亲去世时呐喊的是什么？！母亲在这个尘世短短的一生之中究竟隐藏着怎样的秘密？他是她的儿子，是她生命的延续，他有责任有义务完成母亲未竟的心愿。

他找到父亲时，父亲正坐在摇椅上缓慢地晃动着身体，他突然发现，父亲实在不像是个六十岁的老人，他像是已经八十岁了，他看着父亲，没错，面前是一个风烛残年的老人，与父亲第一次来见他时简直判若两人，那时的父亲神采奕奕。他不知道，自从父亲得知母亲已死的消息的那一刻，父亲就在迅速衰老了，在他流着泪描述母亲死时惨状的时候，父亲的身体微微颤抖着，他的生命已经摇摇欲坠了。他还不知道的是，父亲自从去了台湾就一直未婚，这二十几年他一直努力在做的唯一一件事情就是，重回大陆，找回失散的妻子和儿子。

父亲明白了他的来意，一下子就明白了为什么他会有这样的疑问，他久久地凝视着儿子，突然发现儿子脸上的线条很像他的母亲，特别是一双眼睛里专注而坚定的眼神，但他看了很久，没有回答儿子的任何问题。

第二天，他又来见父亲，父亲拿出一个精致的小盒子，打开盒子，里面是厚厚的一摞纸，父亲说，这里面有信，有日记，还有几张相片，你看了以后或许就会明白了，但是，我希望你能在这里看完它。

他花了整整三天三夜的时间终于看完了盒子中的东西，然后他没说一句话就离开了。

又过了两天，他把父亲接到了自己的住处，利用这两天时间，他已把自己灰暗的房间清扫一新，他拉开窗帘，让阳光洗净了屋内的阴影，他面露微笑地打量这一切，当父亲佝偻的身影出现在空旷的房间，他突然觉得这里真的像个家了，他已不再孤单，晚饭时他看着窗外缓缓漂过的云，又突然意识到，这个房间似乎也应当有个女主人了。

父亲看着这一切，心中感到一阵欣慰，他悄悄庆幸着自己的决定，其实在他打开那个盒子之前已经悄悄取出了一些东西，他取出的是关于苦难、泪水和无奈的记述，他把乐观、希望与坚定留在了盒中，他把它们给了儿子，他要让儿子知道，母亲始终心怀憧憬，她憧憬的不仅仅是自己的未来，更是儿子的未来，母亲始终乐观地认为，自己是个幸运的人，拥有爱情，拥有孩子，拥有一个家。她在努力让自己的亲人知道，当一个人始终抱有憧憬地面对生活，就是他无法战胜的时候。

当时他看完母亲留下的东西，久久地不敢相信这一切，他惊讶于自己的无知，他无论如何也想不到母亲是这样一个人，有生活情趣，有自由思想，相信爱情，相信生活，他突然想通了为什么自己常会梦到母亲对他呐喊的场景，那是母亲在担心他，母亲担心他不会乐观自信地面对生活，担心他不敢独自面对内心的孤独与恐惧，他是母亲在人世间最大的牵挂。好在如今，在苦难的背面，他终于体会到了真实的母亲，也解开了困扰三十年的疑问。

他在三十一岁那年结了婚，两年后他有了一个孩子，看到懵懂不知的孩子伸出小手指向西面的墙壁，他笑了。

在墙壁上，一个淡黄色镶着金边的镜框里，母亲年轻的容颜绽放出灿烂的笑容，就像太阳，那是他从未见过的母亲的另一面，是他苦苦寻觅的缺失的那一部分，足以回答他生命中所有的疑问。

安静的母亲

母亲永远如此安静，这种安静曾经让我感到费解。记忆中，无论外界的环境如何变幻，母亲始终都不徐不疾，即使一件事火烧眉毛迫在眉睫，她依然会安静地偏处一隅，默默做着自己的事情，她从不侃侃而谈，总是目光低垂，让人不知道她究竟在想些什么。

这种感觉在我九岁那一年发生了些许改变，那年夏天，我不慎摔断了右手，母亲独自一人带我去四十里外的县城治疗，在颠簸起伏的山路上，伤口剧烈地疼痛，黄豆大的汗珠顺着我的额头滚滚而下，我忍不住发出几声痛苦的呻吟。此时的母亲依然是安静的，她紧紧搂抱着我，依然不发一言。

我闭着眼对抗巨大的疼痛，突然，我觉得身子颤抖了起来，这种颤抖比车的颠簸力度要小很多，但频率却快了许多，我惊奇地睁开眼睛，却发现，发出这种剧烈颤抖的居然是母亲，她使劲抿着嘴，闭着眼睛，两道清亮的泪水顺着双眼划过了脸颊，她的身体不由自主地颤抖着，只有抱着我的手依然很紧，让我腾不出手去擦拭她脸上的泪水。

母亲竟然是在哭泣，她的哭泣因为忍耐而变得战栗起来。恍惚中，我竟然短暂忘记了身体的疼痛，我第一次发现，母亲的安静其实并非我想的那般，这种安静中似乎孕育着某种力量。

到县城后，母亲立刻带我去了医院，这时我才发现，母亲竟然还带了满满一篮子的鸡蛋，她左手牵着我，右手提着鸡蛋。母亲身上的衣服已湿透了，那是在车上被我的汗水打湿的，当然，还有她的泪水。在医院里，母亲跑前跑后，为我办了住院手续，然后，她找到主治医生，把一篮子鸡蛋送了上去，却遭到了一顿训斥，被推出了门外。周围的病人提醒母亲，送礼要送到医生家里，不要送到办公室。母亲告诉我，在病房里哪也不要去，然后，她提着足有二十斤重的鸡蛋，冒着高温一路打听着去了医生家里，一个小时后，当母亲全身湿透地回到病房时，我抑制不住地哭了起来。在接下来的治疗过程中，我出奇听话，没有再喊一声疼。

懵懵懂懂的岁月里，这是安静的母亲第一次让我感到心疼，这种疼痛远逾身体上的创伤，它像一根刺，把一份沉重钉在了尘封的记忆中。

之后的岁月，母亲的安静一如往昔，一直到我二十一岁时。那是我在县城工厂参加工作的第一年，由于操作不慎被机器砸断了三根手指，工友送我到医院后已经是晚上九点多了，工友询问我是否要告知父母，我毫不犹豫地拒绝了他，我家住在离县城四十多里地的村里，即便得知了消息，父母也找不到车赶过来，只能干着急。

那一晚，我独自一人在病房里待着，麻药效用过后，穿心的疼痛袭来，令我辗转反侧无法入睡，床单被冒出的冷汗打得透湿。令我始料未及的是，凌晨三点多，母亲和父亲竟然出现在了我的身边，原来，似有心灵感应的母亲昨晚破天荒给工厂打了一个电话，接电话的人没有得到工友的嘱咐，就把我受伤的事告诉了母亲。父亲便开着三轮车带着母亲，连夜赶了过来。

母亲出现我身前的那一刻，我清晰地看到她眼中有一股清亮的东西不停闪烁着，那一刻，母亲依然是安静的，她默默走到我的身边，拿出一条毛巾为我擦拭脸上的汗水，然后撤下湿冷的床单，换上捎来的新床单。我想说几句安慰的话，却因为母亲的沉默而不知该说些什么了。

母亲讷讷了许久，才说了一句："这得多疼啊，都第二次了，怎么不能让娘替你一回呢？"

听了母亲的话，我的泪水再也压抑不住了，工作中的四处碰壁、生活中的种种不如意瞬间涌上心头，心中的委屈终于找到了一个发泄口，我扑在母亲怀里哭了起来。这个时候，我又感受到了那种久违的战栗，我知道，母亲的心又疼了。

接下来的日子，我的生活逐渐好转起来，因为喜欢写作，并发表了许多文章，我逐渐有了一些名气，被工厂安排在了宣传部门，并在县城里安了家，我把父母接来了县城。

母亲依然平静如昔，每天忙得不亦乐乎，把我的家打理得井井有条，妻子也喜欢上了这个安静的婆婆，两人相处得非常好，在我的家里没有鸡零狗碎的琐事，因为母亲的安静，一切都变得异常和美。这时，我才发现，原来，母亲的安静竟是如此宝贵，它就像静悄悄的海，包容着无私、奉献、责任，还有一份世间最深沉的母爱。

父爱是一缕会说话的风

来到这个世界的第一天，他圆睁着大大的眼睛，第一次听到风的话语。那是个秋天的夜晚，他与一缕凉风共同被遗弃在公园的长椅上，夜深人静，他的哭泣渐渐变得悄无声息，只有一缕缕的凉风擦过他的脸颊，将咸咸的泪水风干，也将他初涉人世的懵懂皴擦得斑驳不堪。

他被一对不知名的夫妻遗弃了，尽管这两人在血缘上曾与他骨肉相连，但看到他虽然圆睁却空洞无比的瞳孔时，两人还是选择把他放在了这个微凉的午夜，他根本没有选择的余地。

其实，他还是能感应到一丝光亮的，第二天清晨，正是熹微的晨光让精疲力竭的他再次发出了微弱的哭声，这游丝一般的声音借助风力四处发散，最终，引来了一双散发着温暖的有力大手，这双手轻轻抱起他小小的身躯，随即，一阵急促的热风吹到了他的脸上，他下意识地闭上眼睛，张大嘴巴，肆意呼吸着这蓬勃的温暖，很快近乎冰冻的身体再次恢复了柔软。多年之后，养父告诉他，那时的他就像只被冻僵的小松鼠，两手一拢便能捧在手心，只消呵上几口气，便能温暖全身。

他患有先天性失明，只能感应到微弱的光，而且他是早产儿，身子骨弱得像个泥人。养父把他送到医院，医生说这孩子九成九养不活，反正是个弃婴，送到民政局去吧。听了医生的话，养父什么也没说，转身就走，把目瞪口呆的医生远远晾在了身后。

养父是个单身汉，靠在这个城市的建筑工地上打工为生，那时正是城市建设如火如荼的时候，所以养父并不缺活干。此后，养父在打工时便带着小小的他，养父做了一个简易的袋子，绑在自己身前，将他放在袋子里，这样养父一低头就能看到他，而他一呼吸就能嗅到那股略带咸涩却又暖烘烘的风，那是养父的呼吸。

每天夜里，养父会带他回到租住的地下室，给他冲泡省吃俭用买来的奶粉。起初，父亲把他放在床上喂奶水，他却执拗地把这金贵的奶水全部吐了出来，养父心疼，便把嘴凑过去舔他吐出的奶水，不料养父的脸一贴近，他便立刻安静下来。后来，养父便把他放入自己胸前的袋子，再拿勺子一点点喂他，或许是感应到了那股熟悉的温暖的呼吸声，他安静地喝下了所有奶水。

他的身子骨渐渐硬朗起来，四岁时已长到了近四十斤，但他还是喜欢赖在养父胸前的袋子里。养父对他说，有种叫袋鼠的动物，就是这样养活孩子。他兴奋地抚摸着养父胡子拉碴的脸庞，用稚嫩的声音大声说，原来爸爸是个袋鼠啊。听了他的话，养父开心地哈哈大笑起来。

在养父怀中的生活一直到他七岁，在巨大的体力劳动压迫下，养父再也无法像小时候一样轻松地将他放在怀中了。那一年夏天，养父带他去了一所学校，那是一个路上洒满鹅卵石的地方，虽然地面不平，但细密的鹅卵石却让他的脚有了敏锐的感觉，他第一次有了放开养父牵着自己的大手的冲动，在小心翼翼地走过几步后，他不知不觉间便放开了养父的手，接下来的路，从小心翼翼到坚定自信，他付出了摔过上百次跤的代价，虽然全身上下无处不疼，但他却咬着牙没有掉一滴泪。他不知道，在离他不远的地方，自己的养父紧紧咬着粗糙的手指，已经哭成了一个泪人。

在这所盲童学校，他渐渐长大了，或许是因为失明的缘故，他的听力异常敏锐，可以辨别非常纷杂或是细小的声音，特别是对于音乐有着超乎寻常的洞察力。他喜欢听贝多芬的《命运交响曲》，每一次听都会泪流满面，在他十七岁时，老师告诉他，贝多芬在创作这首乐曲时已经双耳失聪，那一刻，他的灵魂被深深触动了，就是在那一刻，他定下了自己一生的理想，成为一名钢琴调音师。

他把自己的理想告诉了养父，并对养父说，他会用做调音师的收入来为养父养老。听了他的话，养父沉默了许久，突然哇的一声哭了出来，养父一把抱过他，那股熟悉的暖风再次在他耳边脸际呼啸起来，他感应着养父环抱自己的双手，突然心疼地发现，养父的手已经不再那么有力了，他下意识地用力，紧了紧环抱养父脊背的双手，却惊恐地发现，养父的脊背有着明显的弧度，而且就像一座破败的拱桥般坑洼不平，刹那间，他明白了，正是由于长年把他抱在胸前而不是背在身后，养父的腰才会深深地弯了下去。

为了养父，也为了实现自己的理想，他开始了近乎残酷的学习，钢琴的二百多根琴弦，八千多个零件，他都要一一仔细触摸，摸清它们的调整和排列规律，对每一个音键的音准他都要听不下千遍，绝不允许出现任何差错。一年后，他成功通过考试，成了市里最年轻的钢琴调音师。

他有了工作，并渐渐有了名气，生活也好了起来，他让养父不要再四处打工了，他能养活这个家了，但出乎意料的是，养父拒绝了他。

他问起原因，养父告诉他，如果不是四处打工，根本就不会捡到他，这些年来，虽然日子过得又苦又累，但从来没有后悔过，可是有一件事，他始终觉得愧疚。

养父告诉他，他六岁时，有一对夫妻找到养父，他们说他是他们的儿子，当年因为一念之差遗弃了他，却发现从此无法再生育了，他们想要回他。那个女人说，她已经打听到一个医院可以做一种角膜移植手术，虽然成功率只有三成，但还是应当一试的，因为这是孩子一生能否重见光明的最后机会了，年纪再大一些也许手术就来不及了。

起初，这两人一说明来意，养父就想把孩子还给他们，毕竟让孩子跟着自己太苦了，但听到后来女人说要给他做手术，而且成功率只有三成时，养父突然有了一股莫名的怒火，他不由分说地将两人赶出了门外，他知道，他们始终还是对孩子的眼睛心存芥蒂，如果手术不成功，孩子的命运如何他实在不敢推想。

说到这里，养父叹了口气，对他说，也许自己错了，如果当时把他还给亲生父母，也许他的眼睛就会好了，而且会少吃很多苦。说着说着，养父的腰背深深地弯了下去，他模模糊糊地感觉到，曾经在自己面前屹立如山的养父竟然如一把稻草般无力地垮塌了下来。

他呆呆地站立着，养父说的这件事让他震惊不已，他竟然听到了自己亲生父母的消息，这是他无数次想要探知的身世秘密啊。

父子俩茫然站立着，时间仿佛陷入了停顿，突然，他听到养父喃喃地说，乖儿不哭，爹爹这样干活是累点，但是，如果把你背在身后，就看不到你了，爹爹怕看不到你啊。

养父的话如同一道惊雷，惊醒了木然呆立的他。刹那间，他热泪盈眶，再也无法忍耐，扑入了养父怀中，泪如泉涌。他伤心地发现，这曾经无比宽阔的胸膛竟已是如此干瘦，他把脸贴在养父脸上，随着养父的喃喃自语，那股熟悉的风再次在他耳边响起了。

此刻，他那可以准确辨别每一个微小音阶的耳朵，却无法听清这熟悉的风的话语，那是源自灵魂深处的梵音流觞啊，是只有心灵才能感知的隐秘偈语。就在这一刻，他无比笃定地告诉自己，这位平凡如尘的养父，纵然已瘦小如斯弱不禁风，却已是自己生命存在的全部意义。

他思虑良久，还是没有把心底的那句话告诉养父，那些所谓的骨血双亲，还是让他们随时光消逝吧，如果没有养父那灼热的呼吸，也许自己早已缺失在这个世上继续生存的勇气和机会。

他慢慢扶起养父，将养父的身体揽入自己已经长大成人的胸膛，此刻，他的胸膛宽广而温暖。

空如大海的心

这一天，他与自己顽固守旧的父亲大吵了一架，狠狠地把门摔在背后，一个人逃入了大街上汹涌的人流。

十七岁的他一个人走在大街上，心情烦躁，脑海中似乎有一些思绪缠绕纠结着，绑成绳结结成死扣，让他头疼欲裂。大街上阳光明媚，所有人都行色匆匆，没有人留意到他眼底的怒火，有好几次他与人擦身而过，都有忍不住爆发的冲动，是一丝残存的理智制止了他的躁动。但是，在这个人生的叛逆期，他总需要一个发泄的出口。

终于，一个飞奔而来的人撞在了他的身上，那人夹着黑色公文包，一身正装，显然是个都市白领，两人相撞后，那人的公文包掉在了地上，他则一个趔趄摔倒在地，他坐在地上，看到身边无数的脚步仍然毫不停留，突然一股难抑的怒火涌上了心头，他跳起身来，一脚踹向了那个正在俯身捡包的人。

一场厮打之后，他身上的衣服被撕裂了好几处，瘦小的身躯遍体鳞伤，脸也变得青一块紫一块，但是，他红肿着布满血丝的双眼依然不依不饶，他感觉自己心中的那团火依然没有熄灭，而且，还有着愈来愈狂的迹象。

在派出所里，他的歇斯底里换来了一副冰凉的手铐，那个与他厮打的白领则灰头土脸地对着他骂了几句"疯狗"，然后就掸掸身上的泥土离去了。他一个人在审讯室里待了许久，内心的躁动渐渐平静下来，面向徒留四壁的斗室，心中不由有了一丝恐惧，这时他听到了一个熟悉的声音。

"真是对不起，是我们的不对，这个孩子平时不是这样的，今天上午，他跟爸爸吵了几句嘴，就离开家了，没想到会出这种事。"是他的母亲，母亲的声音中透露着一贯的谦恭。

"这孩子是该管教一下了，在大街上跟人撞了一下就开打，谁也劝不住，连我们所里的民警都被他抓伤了。"派出所的民警显然还是有些恼怒。

母亲一边不停道歉，一边快步走入审讯室，她一眼就看到在椅子上被铐住手脚的他，母亲的泪一下子就下来了。他抬起头，看着自己面前的母亲，眼睛模糊起来，他想问问母亲，十七年来，自己一直是个循规蹈矩的好孩子，为什么那个在外人面前嗫嚅沉默的父亲，每次一见到自己就会数落个不停呢。

此时，他的心已不再躁动和愤怒，取而代之的是一腔满满的委屈。他扑在母亲的怀里放声大哭起来。

和母亲一起走出派出所，又一次来到喧哗的大街上，他还是不敢抬头看人，只是使劲握着母亲的手，慢慢地跟她走着。在回家的路上，他的心里有一丝期盼，也有一丝抗拒，他不知道，那个不讲道理的父亲又会拿出什么道理来教训自己，他不知道，自己会不会再一次离家出走，在这条回家的路上，他的脑子里再次打上了无数死结。

终于到了家，一踏进家门，他就看到了满桌的饭菜，这让他几乎不相信自己的眼睛，但更让他难以置信的是，他看到父亲正系着围裙在厨房里忙碌不停。

看到他回来，父亲淡淡地说："饿坏了吧，先吃饭。"

他懵懂地应了一声，然后坐在饭桌旁，父亲又端上一个菜，并给了他一双筷子，拍了拍他的肩膀，然后坐在了一旁的椅子上。这时，他终于感到了饥饿。

吃完了饭，父亲对他说："你到我屋里来一下。"他眼神一暗，跟着父亲走进了里屋，他不知道，身后的母亲眼中已浸满了泪水。

父亲和他面对面坐着，沉默了许久。

终于，父亲开口了："我知道你恨我，说实话，我也恨自己。我一事无成，一无所有，就只有这个家，只有你这个儿子，我不能给你很多你想要的东西，也不知道怎么帮助你，但我不希望你像我这样过一辈子。"

他抬起头，看着对面的父亲，突然觉得父亲变得陌生了许多。

在他的注视下，父亲苦笑起来："其实，我真的不知道应该怎么办才好，或许，你是对的。我一个什么都不懂的人，是没有资格教训你的。我常常看书，学着里面的大人物来教育孩子，可教来教去总是学得四不像，因为你总是提一些书里没有的问题，让我不知道怎么回答。"

听了父亲的话，他突然想起了父亲熬夜读书的情景，那时，他只是在内心讪笑不停，却不知道，父亲是为了自己而读。

父亲看着陷入沉思的他，缓缓地说："以后，我不会再唠叨你了，你长大了，比我懂得更多，我心里啥也没有，装不下那些复杂的东西。"

他抬起头看着父亲，突然想起了那些曾被自己忽视的片断，那是父亲在工厂车间里挥汗如雨的样子，是父亲为了他上一所好学校低声下气送礼求人的情景，是父亲与他吵架时眼神中流露出的无奈与悲伤，想着想着，他突然感觉，一种久久未现的潮汐已经涌上自己的心头，占据了自己的双眼。

这一刻，他终于懂得了父亲那颗空如大海的心，这颗心似乎空空无物，实则满盈着深沉的爱与责任，而因为这份爱的不拘形式，竟被他纠结成了一个难以破开的死结。

走不出她的心

十八岁时，他从滇西的一个小山沟里一飞冲天，成为村里历史上第一个大学生，走出大山，他的视野再也无法局限于母子相依的贫苦生活，繁华的都市、光怪陆离的幻影生活让他的心不安地躁动起来，他暗下决心，再也不要回到那个贫困的小山村，他要走遍天下，把足迹留在神州大地的每一个地方。

大学四年，他没有回过一次家，母亲的信始终以一星期一封的速度寄来，而他回信的速度往往是三个月甚至半年才回一封，随母亲的信而来的还有夹在信中皱巴巴的纸币，对此他曾无数次提醒母亲，要学会从邮局汇钱，可母亲执意不听，她说，钱夹在信里放心。

他无法理解母亲的怪异想法，于是便不再劝她，自从父亲在一次上山采石的过程中坠落山崖尸骨无存之后，母亲就变得有些怪异，常常会喃喃自语，对着空气说个不停，只有见到他时眼中才会闪现一抹温情。

大学里，他学习刻苦成绩优异，但他一直不愿谈及自己的家，青春期的自尊让他害怕真相说出后会让同学看不起。但是大三那年，母亲突然来到了学校，这让他大吃一惊，母亲的蓬头垢面令他颜面无存，他几乎是吼叫着抱怨了母亲一晚上，他恼怒母亲没有经过他的同意就来学校找他，恼怒母亲事先也不来封信通知一下，母亲看着他扭曲的脸，喃喃地说了几句，就再也不说话了，等他说完，母亲取出一沓皱巴巴的钱给他，他把钱顺手塞入宿舍的小柜子，再也懒得看上一眼母亲。第二天一早，他就迫不及待地打发母亲回了村。

一个星期之后，母亲的信寄到了，信中说准备启程到城里看他，还给他捎去了半个学期的学费。他看了看信上的邮戳，应该是母亲出发前两天寄的，那一瞬间，他眼前突然闪现了母亲离去时蹒跚的背影，母亲的白发突然变得那么刺眼，三年不见，母亲的头发竟然全白了。

毕业之前，母亲再也没来过学校，毕业前夕，从母亲寄来的信中，他得知母亲一切都好，只是家里种的地收成不佳，只能勉强维持温饱，他难得地立刻回了一封信，告诉母亲他已经成功应聘了一家大型跨国企业，今后能独立挣钱了，会定期给她寄钱，只是可能有很长一段时间都会忙得无法回家。

他没有告诉母亲自己的远大理想，其实他的工作并不忙，但他要利用剩余的时间走遍中国，把足迹留在每个想去的地方，事实上在大学期间他就开始了自己的理想之旅，他骗母亲说假期要打工挣学费，实际上就是跟着同学一起四处游走，用的则是母亲寄来的那些钱。

不久，母亲来信了，信中嘱咐他不必往家寄钱，她在家里有田有地能养活自己，但他独自在外要注意身体，不要太累了。这封信絮絮叨叨有六七页之多，他耐着性子看完，翻到最后，一沓破旧的人民币“啪”的一声掉在了地上。

此后三年，他一边工作一边四处旅游，开始时，他给母亲寄过几次钱，但母亲很快就原封不动地寄了回来，他有些不以为然，但他很快发现如果要实现理想，自己根本没有余钱寄给母亲，于是就悄悄中断了寄给母亲的钱，与他不同的则是，母亲寄来的信里始终夹着或多或少的钱。

这一天，母亲又来信了，他难得地把信仔仔细细看了一遍，当他取出里面夹着的钱，突然有些想念母亲，他已经请了长假，准备了一次长达一年的旅行，为了让母亲安心，他提前写了四封信，让同事每隔三个月寄出一封，至于母亲的来信，他让同事暂时收起来，等他回来时再看。想起三年多未见的母亲，他做了一个决定，此次旅行过后，回去看看母亲。

接下来的时光，他像脱缰的野马，在自由的天地里任意驰骋，他走过了许多地方，山川沙漠，平原戈壁，到处都留下了他的足迹，他甚至在途中邂逅过短暂而美丽的爱情。转眼之间，一年时间就过去了大半，他的最后一站是川北的大山，那是一个初秋的黄昏，他独自身处大山，在一条小径上走着走着，突然感到了一丝厌倦，就在此时，远方视野中突然出现了一道淡淡的炊烟，看着笔直的炊烟缓缓消失在天际，他突然不可抑制地想起了母亲。

他再也走不下去了，用最快的时间回到公司，从同事那里取回了厚厚的一沓信，他没有停留，简单收拾了一下，就踏上了回家的路。

返乡的长途汽车上，他撕开信，看着信纸上熟悉的字迹和千篇一律的内容，他的心中充满了融融暖意，与母亲相处的点点滴滴涌上了心头。经历了人世的历练，走过了千里长路，品尝过爱情的甜蜜与苦涩，他终于发觉，原来母亲是他在这个世上唯一的亲人，光阴流转世事变迁，但母亲会永恒不变地守候他、牵挂他。

回到大山时已近黄昏，他徒步上山，看着熟悉的一草一木，竟然再也感觉不到一丝厌倦，曾经他发誓要离开的这个贫瘠的地方，竟让他感到一种发自内心的归属感，他恍然醒悟，原来自己的灵魂一直没有离开过。

走了两个小时才走到家乡的村落，天色已经暗了下来，他径直来到家门口，正要推开破旧的柴门，却被眼前的一幕惊呆了，只见破旧的院落里丛生着半人高的杂草，从小长大的那间茅屋敞着门，借助月光可以看到里面结满了蜘蛛网。这是怎么回事？他发疯一般冲进茅屋，可很显然，里面早已空无一人。

来到邻居家，他得知了一个惊人的消息，早在七年前，母亲就已经不在村里了，据说，她随着他一起下了山，在距山村百里外的县城靠捡破烂生活。

那一夜，他在邻居家借住，辗转反侧彻夜未眠，他明白，母亲是怕种地负担不了他的学费才到县城拾荒的，整整一夜，他的眼前都是母亲弯腰拾荒的样子，想着想着，心就如刀绞一般地疼了起来。

找到母亲的时候，母亲正趴在病床上吃力地写着信，此时的她在县城的医院里已经躺了大半年，原来拾荒的母亲在一次车祸后失去了双腿，肇事司机负担了母亲在医院的手术费用，但在手术后留下一笔钱就离开了，是一个福利机构在义务照顾母亲。

他在母亲病床前泪如雨下，他恍然想起，怪不得自己翻开母亲这一年的来信总有种奇怪的感觉，原来，里面夹着的钱竟换作了一些崭新的大钞，他以为母亲学会了兑换新钱，原来竟是母亲从赔偿的医药费中取出来请求护士给他寄去的。

捧着母亲的一封封来信，他觉得重逾千钧，看着躺在床上憔悴的母亲，他痛哭流涕后悔不已，母亲心疼地为他擦去满脸泪水，告诉他不哭不哭，只要他过得好，母亲就永远高兴，母亲边说边从怀中取出他寄来的信，那些信虽然陈旧但非常干净，这些年来，母亲一直都把它们放在最温暖最贴心的地方。

看到这一切，他才恍然明悟，原来这些年来，他虽然走遍神州，却一直没有走出母亲那颗博大无私的心。

温暖的谎言

父母一直认为我的工作是轻松的，在他们心目中，从小到大都很优秀的儿子一定会有一份悠闲且高薪的工作，能处理好所有的问题，他们安心照顾着家里的两亩薄地，享受着一份乡下人独有的骄傲。

在乡下人看来，能在城市谋一份差事就是身份的象征，也是骄傲的资本，在那些生活简朴、视野单一的庄稼人看来，城里人各个都衣着光鲜、谈吐不凡，令他们心生一种莫名的敬畏，这种距离感落在我的身上，便是每一次回到村里就仿佛古代官员衣锦还乡一般惹人注目。我经常听到远远地有乡人对自己光着屁股蛋的儿子说，看，学学你叔，好好念书，长大了就不用跟泥巴打交道，干干净净地喝茶坐办公室，多好。

这一次回来也不例外，村里人隔着老远对我指指点点，但我心中却不是滋味，如果他们知道我这次回来是因为丢了城里的工作不知有何感想。虽然心里不舒服，但内心的虚荣还是让我尽量装得若无其事，并不时对迎面而来的乡亲微笑致意。

这时，母亲出现了，她远远跑过来接过我手中的包，另一只手拉住我的手，踏上了回家的路，一路上母亲不停地问这问那，丝毫没有觉察到我笑容的勉强与做作。

走进自家的小院，我发现天井里早已放下了一张小桌，桌上备满了薄酒菜肴。

母亲笑着说，知道你今天回来，你爹把家里的大花杀了，他说城里的鸡不吃五谷，没有味道，还是家里的好，我还去村头打了二两散酒，你们爷俩好好喝喝。

我欲言又止，心中盘算着该怎么跟他们说自己的事。

那一晚，我心乱如麻食不知味，却还是没有找到一个好的借口，幸好，他们也没多问我关于工作的事，事实上，每一次我回家他们都很少问这些事。

第二天，我早早起床，主动帮着爹娘干些农活，虽然好多年没干有些生疏，但此时干起来心里竟觉得异常踏实，在城里这几年，我的精力大部分都用在了与工作无关的地方，如职场人脉、酒场应酬等，身心俱疲的感觉令我无比渴望过一种简单的生活。

我的举动被父母看在了眼里，他们对视一眼，似乎猜到了一些什么，但并未提出什么疑问。

转眼间，我在家里住了一个星期。

这天晚上，父亲照例与我泡了一壶老酒，酒过三巡，父亲突然说，听说，现在城里好多大学生毕业了都回乡下，挣的钱比城里还多，我看，要不你回家来吧，一个人在城里，你妈也怪想你的，她身体不好，有时候唠叨起你来，就眼泪汪汪的。

我抬起头看着父亲，父亲眼神中有一丝躲闪，我知道，父亲一定猜到了什么。这时，母亲说话了，是啊，俺们就你一个娃，谁不希望自己的娃在身边呢，其实城里也不见得好，那里空气不好，车那么多也不安全，东西还那么贵，吃顿饭就得百十块钱，不如你回来吧，我跟你爹存了五万块钱，你不是学畜牧的吗？咱们也搞个养殖，你看村头刘二栓子，喂狐狸现在都买小汽车了，还雇了几个城里人给他干活哩。

我点了点头，说，其实这次我回来就是想跟你们商量这事的，现在有这个趋势，从城市到农村创业，毕竟这里市场更大机会更多一些。

聊着聊着，我们都沉默了下来，一家三口在天井里晒了很久月亮，我偶尔抬头，看见父母满头银发染上了点点月光，心中禁不住一疼。那一晚，我失眠了，翻来覆去想着关于未来的打算，那是失业之后我第一次有勇气面对这个问题。

第二天，母亲给了我一个青花布的小包裹，打开一看，里面是厚厚一沓钱，我知道，这是父母一辈子的积蓄。

接过母亲手中的包裹，我的泪水流了下来。那一刻，我终于明白，原来自己蓄意隐瞒的真相早已被父母洞悉，但他们为了照顾儿子的虚荣与软弱，便想了这样一种方式遮掩我的尴尬，一辈子不会说谎的父母用一个谎言维护了我的自尊，只是我知道，在这蹩脚的谎言背后，安放的正是他们那颗质朴的慈爱之心。

为母亲撑一把伞

他对雨的钟爱由来已久，从少不更事到青春懵懂，那些晶莹的雨丝常常带给他无限遐想，在清凉的雨中行走，一个接一个的灵感会不期而至，令他欣喜不已。对于他这样钟爱文字的人来说，每一个怦然心动的灵感都是莫大的幸福，当灵感转化为隽永的文字，他会有满满的成就感。

他并不是孤独的，每次下雨天，母亲都会陪着他一同在雨中行走，不论大雨倾盆或是细雨如丝，母亲总会为他撑一把伞，每一次，母亲看到他在雨中幸福寻觅的模样，平凡的脸庞上都会露出会心的微笑，而他则沉浸在雨的思绪中不可自拔，早已忽略了母亲的存在。

母亲只能撑一把伞，因为，母亲的另一只手要小心地推着他前行。端坐在轮椅上的他是不幸的，幼年时的一场车祸，让他失去了父亲，也失去自己的一双腿。

他自怨自艾过，自暴自弃过，他无法想象，如果没有那些钟爱的文字，如果没有这沁人心脾的雨，自己的人生将会是怎样一副凄冷的模样。

从四岁时失去双腿，如今已经过去了二十年，他的轮椅一换再换，身边的人来了又去，他也从一个懵懂的幼童长成了小有名气的青年作家。每一次出门，他都会将目光投向远方，那一望无边的天空，那广袤辽阔的大地，那晶莹清凉的雨丝，接纳了他所有昂扬的、颓废的、离奇的、平凡的念想，他无法控制自己的思想，他只知道，唯有如此，他才能短暂忘却失去双腿的痛苦。

他沉溺于远方，沉溺于雨中，却忽略了离他最近的人，一直到那件事的偶然发生。

那天的雨异常静谧，他甚至能听到雨滴有节奏地敲打在大地上的声音，不用他开口，母亲已经准备好了一切，她撑起雨伞推着轮椅上的他缓缓走出了家门，很快，他便将身心融入了雨中，物我两忘，寻找着那虚无缥缈的灵感，就在这时，一道刺耳的刹车声响起了。

随后，他感到一股大力将轮椅推向了街道一角，这股力量是倾斜的，因为只有一只手在发力，轮椅在剧烈的颠簸中失去了平衡，在轮椅倾倒的一瞬间，他侧目看去，发现自己的母亲被一辆货车刮倒在地，母亲的衣衫尽湿，一头银发在风雨的敲打中变得格外醒目，刹那间，他感到了一股彻骨碎心的疼痛。

那么多年了，自己一直在看雨，看天，看远方，却没有回头看看母亲，二十年过去，母亲竟已衰老成了这个样子，那个记忆中坚强乐观、无所不能的母亲去哪儿了？那个在父亲过世、儿子残疾之后仍然平静如水的母亲去哪儿了？

他挣扎着爬到母亲身边，他看到，母亲的眼睛仍然明亮，只是牙关紧咬；他看到，母亲的小腿处渐渐渗出了一丝血迹，很快，这血迹就蔓延开来，渗出衣服，与大地上的雨水融为一体；他看到，货车司机和众多路人拨打了急救电话，随后，他们取出许多的雨伞，为他和母亲遮住了无边无际的冷雨；他看到，那些伞五颜六色，有绿的，有蓝的，有红的，还有一把透明的；他看到，许多的雨滴聚集在雨伞上面，又缓缓地滑下来，有一滴雨恰巧落向母亲的额头，他急忙伸手挡住了那滴雨，当雨落在自己的手上，一点凉意让他平静了下来，刹那间，他懂得了母亲，也懂得了自己。

怪不得自己这么喜欢雨，原来这雨有着母亲的品质。二十年前，母亲正是在自己如今的年纪经历了那场足以摧毁人生的车祸，但母亲选择了独自面对，就像一滴平凡的雨，安静地面对着自己的宿命，用晶莹的心面对着未知的一切，而母亲的平静也在不知不觉间影响到了自己，让他找到了文字作为生命的寄托，他想起母亲为给自己购置电脑与书，经常彻夜不眠做着手工，那些精美的十字绣上细密的针脚到底濡染了母亲多少的心血呢？

在救护车到来之前的那段时间里，他没有让一滴雨落在母亲的身上，那些穿过伞落下的雨滴都被他一一收入了手心，那些雨滴顺着他掌心的纹理盘旋不停。

这就是命运吧，感受着掌心的清凉，他暗暗下了决心，母亲已经为自己撑了二十年伞，今后的日子，就让自己为母亲撑一辈子伞吧。

幸福的雨洒在母亲肩头

家中珍藏着这样一张老照片，年仅五岁的我俯在母亲的背上在一条雨巷中缓缓前行，一把小小的青花雨伞撑在我的头顶，我虽然手舞足蹈却没有被雨淋到，可如丝细雨却打湿了母亲的脸颊，她的额头有晶莹的闪光，肩膀上有濡湿的沉重，但是脸上却洋溢着灿烂的笑容。

每次凝视相片，我总会心生微痛，以一场雨为背景的母亲，似乎永远是那样美丽那样年轻，晶莹的雨滴洗刷了岁月的灰尘，让母亲永远停留在了那个最好的年纪，但如今，我已不会允许母亲再走入一场雨中。

母亲已经老了，她的笑容依旧，只是慈祥取代了灿烂，她的肩膀不再挺拔，却依然背负着沉重的牵挂，母亲仍然日复一日固执地为儿女们操劳着繁杂的琐事，从孙子的夏冬衣裤，到儿女的一双鞋垫，母亲事必躬亲，她扶着黑框的老花镜，戴上已磨得光滑无比的顶针，认真而细致地重复着她这一生都在做的事情。

母亲年轻时身体极好，风里来雨里去从未生过什么病，幼年时，我常常会赖在母亲肩头，特别是在下雨时，我会哭闹着要求母亲背我去街道上走一遭，看着被打湿的尘土化作灰黄色的污泥，嗅着那股甘甜芬芳的泥土气息，听着四周匆匆行走的行人踩在泥土上的脚步声，我的好奇心得到了极大的满足，但我却忽略了距离我最近的母亲。

这张相片是有一次下雨时，母亲拗不过我背我出门，偶尔遇到了街道照相馆的师傅在取雨景，他顺便照下了这张相片，当照相馆师傅把洗好的相片送到家中时，我才第一次正视了在雨中背我前行的母亲。

第一次看到相片，母亲的笑容令我快乐无比，我无比笃定地认为，母亲也是一定十分享受这样的雨中行走。为了让我高兴，也看得更远，每次下雨出行，母亲都不会拿家中那把大灰雨伞，而是撑着一把小小的青花雨伞，这样我可以更清晰地嗅到雨水的气息，母亲身体的大部分却淋在了雨中，尤其是她的肩膀，每次回到家总是会被雨水湿透，母亲耸耸肩膀，便会有许多细小的雨滴飘洒下来，那个时刻母亲依然笑容灿烂，我会伸出双手去捕捉那些细小的水滴。而如今，每次看到母亲因风湿而常常疼痛的肩膀，我都会感到深切的疼痛，我不知道，这是否与那一场场雨有关，但我知道，那份濡湿的沉重一定曾让母亲在我的视线之外皱起眉头紧咬牙关。

我的成长也与这张相片息息相关，每一个人生阶段，我都会将相片中的母亲与现实中的母亲做一个比较，每次的心情都会发生新的变化，从快乐到平静，从沉思到悲伤，从悔恨到心痛，我在母亲的衰老中渐渐长大成人，成为了一名父亲，却开始倍加怀念起相片中被雨水濡湿肩膀的母亲。

以雨为背景的母亲，成了一幅人间至美的图画，我想，那场雨一定是幸福的，因为它洒在了母亲的肩头，汲取了母爱的光芒，绽开了亲情的蓓蕾，散发出了沁人心脾的甘甜味道，见证了这个世上最伟大最美好的母爱。

父亲的二胡

父亲退休后有了大把的时间，他开始专注于一件事情，制作二胡。

父亲不知从何处淘换来一截乌杨木，短短一个星期时间，父亲竟将碗口粗细的木头磨成了二指粗细，而且杆体圆滑光润，笔直如枪；随后，父亲又买来几只新鲜椰子，将甜美的汁液给五岁的孙子喝光，然后小心地将椰子割成两半，晒干之后，挑选出大小最合适的一个，细细打磨四周的粗糙，直到它们变得光滑；紧接着，父亲跑遍县城，买来马尾、蛇皮、细线等，回到家中，父亲彻夜不眠，拼接、挂弦、点漆，一直到凌晨时分，一道苍凉的乐声从父亲房中传出，顿时惊醒了窗外朦胧的晨光。

二胡制作成功后，父亲忙于调弦，试奏，却没有注意到，不远处有一缕专注的目光，陪了他整整一夜。那是母亲，年轻时，母亲便知道父亲痴迷二胡，却因为忙于生计不得不放下这个爱好，如今三个子女都已长大成人，看到父亲从忙碌中解脱出来，母亲便总是有意无意地说起年轻时父亲拉的那一手好二胡。

母亲知道，父亲喜欢二胡，这是他年轻时的一个梦想，如今，这把并不精致却独一无二的二胡，便是圆了父亲一个尘封已久的梦想。

二胡制作成功的那天晚上，母亲将我们姐弟三个叫回家吃饭，饭后，父亲取出亲手制作的二胡，为我们表演了数十年没有拉过的《二泉映月》，专注于拉二胡的父亲沉浸于凄美的旋律之中，他微闭双眼，双手有节奏地演奏着。听着陈旧而悠远的二胡声响起，母亲眼里竟蕴满了亮晶晶的泪花，身为子女的我们还是第一次看到父亲拉二胡，在惊讶之余，心中竟产生了深深的自责，我们知道，正是因为我们，年轻时的父亲才不得不放下心爱的二胡，终日奔波于生计之中。

那一天，父亲足足拉了二十首曲子，从最初的略显生涩到后来的娴熟圆润，一家人全都被这美妙的乐声深深打动了，就连我五岁的儿子都难得安静了下来，眯着眼睛聆听着这迷人的旋律。经过全家人商议，我们决定每周都要回家为父亲办一场二胡独奏会。

受到鼓励的父亲再接再厉，相继制作了十余把新的二胡，甚至还给五岁的孙子制作了一把袖珍二胡，而如今，父亲的二胡独奏会也已成为了全家人共同的期盼，每个周末，一家人都会在二胡声中感受到浓浓的亲情，那一把把精美的二胡也成了一家人和美生活的见证。

藏在心中的盐

我从小口重，喜欢吃咸点的食物，所以母亲每次在做我最喜欢吃的那道菜时都要多放上一勺盐，在那个食物匮乏的年代，这是一件很奢侈的事情。家中的盐是定量的，母亲为了给我吃，常常不在其他菜中放盐，而仅有的一盘放了盐的菜却因为数量稀少而且味道鲜美，总会成为我一个人的菜，挑食的我几乎从来不碰别的菜。

由于饭菜油水足盐分大，我的食欲一直很好，长得很快也很健壮，而与此相反，我的姐姐却因为营养不良要矮我一头。小时候，每次吃饭时，我都会奇怪地想，母亲和姐姐的饭量怎么这么少呢？后来，我渐渐明白了母亲的这份“偏心”，只是依然挑食的我仍然无法抗拒加盐美味的诱惑，也依然无法体会母亲和姐姐那种食之无味的感觉。

随着生活水平渐渐变好，盐已经不再是什么稀罕物了，可母亲每次做菜仍然不舍得多放盐，当然那道我最喜欢的菜除外，每次吃母亲做的菜，那种熟悉的咸咸味道总会让我仿佛回到了少年时，也正是这种味道伴随着我一路走入大学，成家立业，有了自己的孩子。

儿子也喜欢吃咸，每次当我带他去母亲家，母亲仍然不忘在我和儿子最喜欢的菜中多放上一勺盐，让我们父子俩吃得不亦乐乎。

但是，随着母亲年纪增长，记性也变得越来越差，常常会忘记已经加过了盐，最近一段时间，母亲做的菜变得越来越咸，终于有一天，她做的一道菜让我实在难以下咽，我把筷子伸向其他的菜，却发现它们竟然一如既往的寡淡无味，我把目光转向母亲，发现母亲仍然吃得津津有味，她偶尔吃一口为我炒的菜，表情同样毫无变化，我的心里禁不住一酸，我知道，母亲不仅记性变差了，她的味觉也在退化，衰老在母亲步入老年之后已经变得不可阻挡了。

那一天，我生平第一次感到母亲所做的菜无法下咽，却不是因为这道菜放了太多的盐，而是因为我的喉咙中似乎堵上了什么东西，眼窝里似乎有某些东西要夺眶而出，我知道，那是些咸咸涩涩如一粒粒盐般晶莹剔透却又滋味难言的东西，它们是我久违的眼泪，也是岁月流逝中深藏在内心深处的几粒盐。

从此后，不论每天有多么忙，我总会抽时间来到母亲家，为她炒一盘她最喜欢的菜，我知道她的味觉在下降，但我还是特意买了最好的调味品，买了最好的盐，母亲或许品尝不出这些菜的好坏，但她看到我在身边时脸上便总会挂着浅浅的笑容。

我知道，这才是母亲最幸福的时光，对于不善表达的母亲来说，或许只有藏在我心中的那几粒盐才是她最需要的调味品，因为它们氤氲着岁月之海沉淀结晶而出的咸咸味道，饱含着那份恒久不变的挚爱亲情，也铭记着关于世间最温暖心灵的芬芳记忆。

母亲指尖的一缕炊烟

在记忆中，母亲的手是柔软而芬芳的，每一次抚过我的头发和脸颊，就像一朵白云在山间飘移，温润而清新，可以让我轻易地陷入宁静，进入睡眠，沉溺于一个个甜美的梦境。

只是，当记忆被日渐匆忙的生活淹没，母亲的手也渐渐疏淡了旧日的味道，每一天，我虽然都会记得给母亲报声平安，却很少再去关注母亲温暖的手。

数十年来，母亲被忽略的并非只是一双手。事实上，她调羹烹饭的手艺也被我渐渐遗忘了。每一次，品尝着母亲所做的饭菜，我的脑际总是浮现一些不相干的其他琐事，那些事白日里便萦绕在我的心头，仿佛纠结的丝线挥之不去，盘根错节让我找不到头绪，以至于每次与母亲的相聚都变得清淡寡味，母亲精心准备的饭菜被我不知咸淡地吃下。

直到那一天，当母亲炒菜的手被飞溅的油花烫伤，我在为母亲敷药的时刻才猛然发现，原来眼前这双已不再柔软温润的手，便是那朵曾在我发际与脸颊上轻轻拂过的白云。时光变迁中，它仿佛从天空落入了大地，蔚蓝的底色渐渐变成了土黄，在岁月风沙的磨砺下，它已经变得干枯粗糙。在那瞬间，我的眼眶竟蓄满了泪水。

母亲觉察到了我的异常，她轻轻抽出手，说，不碍事的，我经常会被小油花烫几下，上点药就好了。母亲一边说，一边微微扬起了右手，但很快，她又慢慢把手垂了下来。那一刻，我竟感到了一种深深的失落与伤感。

其实，在母亲扬起手的那一刻，我就知道她是想抚摸我的头发与脸颊。在多年以前，每当我眼中盈满泪水，母亲总会用这个温柔的动作为我传递慰藉。而如今，这个自然的动作竟在中途被飞逝的时光皴擦得戛然而止。或许，我的成长是由母亲的衰老培育的，以至于她的胆子变得越来越小，而我的目光却变得越来越远，轻易地便忽略了距离我如此之近的母亲。

我转过头去背对着母亲，轻轻擦去了眼角的泪水，我再也不能肆无忌惮地在她面前痛哭了，虽然这一切都逃不过她的眼睛，但她还是选择了沉默不语。我想，在大地上的每一对母子都会经历类似的情景吧，一切似乎从未改变，但一切真的已经改变了。

等我笑着转过头来，母亲眼神中的忧虑依然浓重，我拉过她的手，仔细地在那些烫伤处敷上药膏。此刻，我依稀看到，母亲的指尖仿佛氤氲着一缕炊烟，柔和朦胧，若有若无，却坚定地向着天空的方向延展着，像极了我童年时的小村落里，在黄昏的夕阳下，那道袅袅升上天际的温暖炊烟。那一刻，我终于明白，原来母亲的心中一直有一座为亲人而燃的小小炉灶，岁月的风箱一推一送，便能点亮一把把爱的薪火，氤氲出那些动人的味道。

拉着母亲的手，我小声地说，娘，我想吃你做的红烧肉和白菜豆腐，每天都吃。听了我的话，母亲的指尖微微颤动，一股熟稔的淡淡烟火味道便盈满了我的心头。

父亲老了

父亲老了，记忆常常变得模糊。那天走在街上，遇到一个老同事，聊了半个多小时愣是没想起对方叫什么名字，临别时不好意思地问，您贵姓啊？没想到对方想了半天，也一脸怀疑地问父亲，您不是老王啊？

父亲老了，眼神变得不好，常常会认错人，一个星期没有见到小孙子，非要说一个多月没见，自己一个人走了十多里路来到小孙子上学的学校，远远地看他做课间操。没想到，父亲一眼就从穿着清一色红色校服的小孩中，认出了并不起眼的小孙子。

父亲老了，脚步变得越来越慢，上下楼梯总是要费些力气。他一只手紧紧抓住护栏，慢慢地挪动脚步；一只脚踩实了，要确认三秒钟，才缓缓移动另一只脚。所幸，父亲的住所是一楼，并不需要上下楼梯，所以他上下楼时的样子只有到住在三楼的我家时，才能见到。

父亲老了，耳背也越来越厉害，年轻时因为常在大声轰鸣的机器旁工作，他的听力早已直线下降，面对面说话都要提高音量才能听清。可是，家里每次来电话，只要是子女们打来的，父亲就总是抢着去接，只是接过之后，唠叨半天，最后还是要交给听力更好的母亲。

父亲老了，孔武有力的臂膀变得枯萎瘦弱，换个灯泡都会因为捏不住而掉落摔碎，搬把椅子也会大口喘粗气。可是，父亲最拿手的红烧鱼还是做得美味无比，他拾掇起鱼来依然一丝不苟，拿油盐酱醋的手从未因无力而让红烧鱼变了味道。

父亲是真的老了，很容易疲惫，每天都要睡好几个觉。日子过得简单而乏味，这让喜欢出门的父亲有些无奈。子女们每次去看他，他都要抱怨说，现在外面车太多了，人走路的空间都没有了，还不安全。

父亲是真的老了，记忆里只装得下骨血相连的亲人，眼睛里只能看到最疼爱的小孙子，上楼梯的笨拙与吃力只给住在三楼的儿子看，反反复复接电话的不知所云，只是为了知道电话那头的亲人平安，被热油烫伤的手臂隐藏在了红烧鱼的浓郁香味之中。

也许父亲的心还没有老，否则他不会有着如此多的希冀与渴望，他不会有着如此大的勇气和智慧，他不会有着如此深切的执着与念想。

高高大大的父亲，原来你总把我环在宽厚温暖的怀抱里，如今却矮了我一头。但在岁月砥砺中，我的父亲依然有着沉静而巨大的力量。我想，这种力量的根源就是你从未启齿的那个字吧，那就是爱。

给父母讲故事

周末，带着七岁的儿子回父母家吃饭，趁爷爷奶奶忙活饭菜的时候，儿子又缠着我要听爸爸小时候的故事，于是我只得把那些讲了许多次的故事再讲一遍，从和小伙伴们拿弹弓打鸟到下河捕鱼，从第一次考试不及格到后来第一次得到一百分，从母亲为我把一条心爱的蓝色裤子打满了补丁到父亲不厌其烦地教会我怎样骑自行车，一件件旧事不仅让儿子听得入了神，也让我自己陷入了深深的记忆之中。

只顾着讲故事和听故事，我和儿子竟然忘记了吃饭这回事，也没有注意到，不知何时，父亲和母亲已经做好了饭，静悄悄地来到客厅，跟孙子一起听起了故事。

我正讲得入神，突然眼神一瞥，看到了在客厅一角默默倾听的父亲和母亲。老两口面带微笑，似乎也沉浸在了对于往事的回忆中，我发现他们眼中闪烁着晶莹的泪光，就在那一个瞬间，我觉得鼻头一酸，竟然有了想哭的冲动。

这些年来，我娶妻生子，工作与生活越来越忙，终日奔波于事业和家庭之间，竟然忽略了父亲和母亲已经渐渐老去，看着染过发的母亲从发根处蔓延而出的一片雪白，看着父亲皱纹密布的脸上青褐色的老年斑越来越多，我心中酸楚难当，再也说不出话来。

儿子看着我，突然叫起来：“爸爸，你怎么不讲故事了？咦，你怎么哭了？”

孙子的叫声惊醒了陷入回忆中的爷爷奶奶，他们抬起头，看到眼睛通红的我正看着他们，竟然不好意思起来，连忙擦擦同样通红的眼睛，说：“别讲故事了，吃饭了！”

与往日不同的是，那天的一顿饭，一家人吃的时间很长，因为我要给儿子讲每一道菜背后的故事。西红柿炒鸡蛋是奶奶给高考时的爸爸补充营养必备的一道菜，小米稀饭是爸爸上学时每天必吃的早饭，清蒸鱼是爸爸考一百分时的奖励，红烧排骨是爸爸得三好学生时的礼物，原来不爱吃饭的儿子听到这些故事，竟然每一道菜都吃了很多，而我年迈的父母，在我讲述时一直面带着微笑，慈爱的眼光温柔得可以融化任何事物。

回到家之后，我给因为加班没去吃饭的妻子讲了发生的事，妻子对我说：“以后每个周末，去爸妈家吃饭时，都要给他们讲讲故事，不仅要讲他们知道的，还要讲他们不知道的，不仅要讲过去的，还要讲现在发生的新鲜事，只要跟孩子们有关的事，老人们都爱听的。以后，我回娘家的时候，也要多给老爸老妈讲讲故事。咱们做子女的，真的是亏欠老人太多了，以为他们不愁吃不愁穿就可以了，却不知道，他们最渴望的还是多跟孩子在一起聊聊天说说话啊。”

从此后，我的故事不仅给儿子讲，也给父母讲，讲故事时，好奇的儿子常常会问这问那，让我的记忆更加丰盈，而父母也会偶尔补充一些被我忽略的细节，提示一些被我忽视的问题，让我心生温暖或是茅塞顿开。时间久了，我觉得，我其实也是在给自己讲故事，因为，在讲故事的过程中，我仿佛买了一张返程车票，将人生这趟单程旅行又重新走了一遍，并将那些沉淀在时光中的美好与爱析解而出，让我的亲人们再次体会到了温暖与感动，也让自己的心灵得到了净化与升华。

血的哺育

姥姥是位小脚老太太，如果活到现在，她已经九十岁了。

姥姥有六位儿女，都生在战火纷飞的年代，在那个命如草芥的年代，儿女多了未必是福，可姥姥没有亏待任何一个，六个儿女都是姥姥的命。

姥姥身高不足一米六，识字不过一百个，却顶天立地，即使倒下，也要烙下清晰的轮廓，在燕赵大地，姥姥是一滴水，渗入土地就能温润六粒种子，姥姥是一点火，洒向天空就能燃亮六颗星辰。

在生命的旅程中，那些跌宕起伏都来得没有任何缘由，身处何种年代，就要身披何种戏服，就要唱出何种曲调，就要拾捡何种命数。

大舅出生的时候，战火纷乱还在遥远的异乡，家中还满满都是添丁的喜悦，及至最幼的小姨出生的时候，却是家破已久，国已不国，只有姥姥还是固执地为这个最幼的女娃拼凑出了一件华丽的衣裳，摆了一回不逊于老大的百日宴。

六个子女都是吃着姥姥的奶长大，姥姥常说，那个年代啊，哪有什么奶？都喝的是我的血啊。有一回，老三吃不着奶，就咬我，咬不动，急得哇哇哭，我心疼，就把乳头弄破，老三喝着可香了，可我就晕在床上了。唉，这以后啊，他们各个都喝过我的血。

说话间，姥姥血色全无的脸愈加清晰，那干瘪的血脉间流淌着的似乎只余下了某种光，无形无质却透体而出，烛照投影，将姥姥瘦小的身躯衬映得高大无比。

凭着姥姥的血，六个子女撑过了童年与少年，虽然经常吃不上饭，却仍然各个长得精壮结实，老大与老二还参了军，得到了一沓沓的奖状和一把把的奖章，让姥姥常常笑个不停。

姥姥的小脚不稳，走得却极快，大舅说，他刚参军时，已走过了三个村，姥姥愣是追上去塞给了他几只硬邦邦的粗粮饼子。

二舅说，姥姥不仅走得快，还力大无穷，当年曾追着他打折了三根拳头粗的木棍却依然力道十足。

过了战争年代，外敌尽除，二舅和三舅却已分属不同的派别，那个大革命的年代，两兄弟经常在饭桌前争论甚至厮打，直到有一天，瘦小的姥姥迸发出了巨大的力量，一路追逐，将已比自己高出一头的两兄弟打得头破血流，跪地认错。

两兄弟流了血，姥姥流了泪。

姥姥的举动让六个儿女哭得鸦雀无声，从此之后，兄弟姐妹之间再没拌过一句嘴。

后来，姥姥有了孙子孙女，有了外孙外孙女，姥姥的话变得越来越少，只是看着那些满地打滚的小家伙们笑个不停，六个子女都说，有了这三代同堂，姥姥的火爆脾气一下子熄了火，变成了温吞吞的白开水。

姥姥活了六十九岁，走得突然，走得也平静，那是秋天的一个黄昏，姥姥突然觉得胸闷，说要躺一会儿，结果这一躺就再没起来。

姥姥给我留下的最后影相，就是她躺在热烘烘的土炕上，皱纹散开，双目轻闭，额间的白发柔和得像天空的白云，有一束阳光，打在姥姥的脸上，让她的脸庞呈现出一种别样的柔和与温暖。

梦在路的尽头

二十二岁的时候，他突然厌倦了一成不变的生活，在单位请了长假，决定开始一场倒叙式的旅途。在这之前，他几乎去过大半个中国，从生他的燕赵大地，到养他的巴山蜀水，从随父亲到新疆勘查地理，到独自一人到齐鲁求学，再到毕业后来到闽粤地区，从西到东，由南至北，他的青春时光竟没有在一个地方停留超过五年。

他觉得，自己是一个没有根的人，或者说，自己的根仍未寻到，所以他想放下一切，找到那个旧日的梦。他记得，最初的日子里他有过一个梦想，但这个梦却从未清晰过，它虚无缥缈，不知道缘于何处，更不知道停留在何处，他觉得，如果不能找回这个梦想，自己的一生就不会完整。

他沿着记忆回到了那些曾经留下过足迹的地方，他发现，齐鲁大地上，自己的大学校园里有了许多与他当年一样青涩的学子；他发现，新疆之大其实远远超乎他的想象，父亲带他去的地方不过只是小小的一隅；他发现，巴山蜀水是那么的人杰地灵，有许多像他一样的小伢子正在茁壮成长着。所有的往事也随着他的足迹再次变得清晰起来，他看到了自己的背影，那个与女友在毕业时分手后悄悄哭泣的大男孩，那个跟随在父亲高大身影后缓缓行走的小尾巴，那个跑着跳着不知道愁滋味却又害羞怕人的小男孩，都在他的视线中再次出现了，他感到一切是那么的熟悉而温暖，但是，他依然没有找到自己的梦想。

三个月后，他来到了旅程的最后一站，他降生的地方。在燕赵大地一个偏远的小乡村里，他第一次感到了陌生，这里真的是自己降生的地方吗？

在这里，他找到了自己迷茫的根源。二十多年来，他一直没有回到过这个地方，如今也只能按图索骥，找到这个大略的位置。为什么父亲一直不带他回到这里呢？如果不是出生证明上那一行陌生的字迹，他根本不知道自己降生在何处，这里距离巴蜀有千里之遥，是什么样的命运纠缠才能让他跨越过时光与空间，把生命中最重要的时光放置在了这两个地方。

他还有一个最大的疑问，自己的母亲到底去了哪里？去世了，出走了，还是改嫁了？他努力搜寻着自己的记忆，却沮丧地发现，母亲的印象早已模糊，但是，他确信，有一种温暖的感觉一定源自母亲。他想，自己的梦想也一定与母亲有关。

他在贫瘠的小乡村中行走着，打听着二十多年前发生的事情，终于，在一位老人嘴里，他找到了一些答案，老人告诉他，二十多年前，有一对四川夫妻流落到这个地方，据说还生下了一个孩子，但几年之后，这一家人突然就消失了，没跟任何人打过招呼。

他虽然找到了事实，却仍未得到答案，但他心中却有了希望，他开始走一条更为艰辛的道路，把从这个小乡村到巴蜀大地的路再走一遍，一路走一路打听，他相信，自己一定能找到答案的。

在一路上的乡村、城镇和城市，他借助当地媒体发布了自己的寻人启事，一些蛛丝马迹也终于显露了出来，有一些老人回忆，多年以前，是有一对四川夫妻带着一个小孩，一路乞讨着走过这一条路，但是在入川之前，线索却出现了变化，有人说，在一个小县城里，只有一个男人带着一个孩子，那个女人消失了。

他疯狂地寻找着答案，终于，一位早已退休的老医生告诉他，多年前，有一家三口在县医院里作过一次手术，女人把自己的一个肾给了另一个病人，又把自己的一个肝脏给了自己的幼子，她是用卖肾的钱用来给自己的孩子做手术。手术后不久，身体无比虚弱的女人就离开了人世，不久后，男人也带着孩子离开了这里。

听了医生的话，他像被雷电击中一般，一些模糊而可怕的记忆像闪电一样在内心深处复苏了，他恍惚记得，有一段时间，自己的肚子非常痛，也就是在那时，母亲怀抱的温暖永远地留驻在了他的心里。他掀起自己的上衣，一道模糊的手术疤痕显露了出来。老医生认出了他，突然间老泪纵横，老医生说，你的母亲是世上最伟大的母亲，孩子，你不知道她有多么坚强。

他含着泪回到了巴蜀大地，来到了父亲面前，回家时，老迈的父亲正独自一人躺在摇椅上，见到双眼通红的他，父亲愣了一下，又叹了一口气，示意他坐了下来。

父子二人谈了很多很多，他终于明白了父亲一直不续弦的原因，但他却不明白，为什么父亲不告诉他关于母亲的一切。父亲对他说，母亲临走时，让他答应两件事，一是瞒着儿子母亲去世的秘密，二是希望父亲续弦后能对儿子好一些。

父亲含着泪说，你娘走时，我就下决心，这辈子不会再娶别的女人了，我没有完成她的第二件事，所以，我必须要完成她的第一件事。孩子，你娘是怕你知道后会内疚痛苦一辈子啊。

第二天，他回广州辞去了高薪工作，回到了父亲身边，找了一份稳定而平凡的工作。经历过这漫长的寻找真相的路途，他发现，原来那个梦想一直就在路的尽头，也是在时光的尽头，在倒叙的旅途中，最初的梦想正扎根于尽头等待着他，梦想其实从未远离他的内心，而这个梦想中包含他这一生存在的意义，那就是爱与责任。

你就是我的天堂

一

二十世纪六十年代末，在轰轰烈烈的上山下乡运动中，他从温暖湿润的上海滩来到了粗犷干燥的黑龙江，一路上心中始终弥漫着一股茫然若失的情绪，很快豪情壮志在现实面前脆弱得不堪一击，他悲哀地意识到，自己这一生或许就要在这里度过了。

只凭着一股热血，他就将一生当成了赌注，可是，当最终结果还没有出现时，他已经愿赌服输。

来到黑龙江的第三年，他与一个东北女子结了婚，两年后，当同来的知青陆续通过各种渠道返回城市时，他的儿子在一张土炕上降生了，忙碌焦急的他看着这个迷蒙着双眼的小生命，终于打消了最后一丝离开东北的念头，他撕掉了那张可以让他返回上海的信函，把人生的根扎在了黑龙江。

东北水土容不下温香暖玉的上海男人，随着时光流逝，他的皮肤渐渐变得黝黑粗糙，口音变得铿锵有力，除了那张档案纸上写着祖籍中国上海，他全身上下已经找不出一丝南方的痕迹。

二十世纪八十年代初，他的儿子上了小学，在东北土炕上长大的儿子长得细皮嫩肉白白净净，邻居们都说这孩子不像东北人，却像是上海人。他每天劳作归来看着乖巧的儿子，仿佛看到了小时候的自己，他想对儿子说些什么，却不知如何开口。

二十一世纪初，他回到了阔别三十年之久的上海滩，已是物是人非。当身旁熟悉的沪音响起，他激动地想要说些什么，可刚一开口，却发现一个上海人向他投来一丝略带鄙视的目光，他分明听到那个上海人说，小赤佬，装什么上海人啦。

他愤怒了，冲着那个上海人大吼起来，他没注意到自己说的是一口地道的东北话。

二

在盲目羡慕大都市的东北小镇，她是好运的代名词，人们纷纷议论她是个好命的女人，嫁了个有文化的上海知青，还有一个在上海上大学的儿子。

她的男人是家中独子，远在上海的公公婆婆都已去世，留下了一栋价格不菲的房产和一个落户上海的机会，于是她现在要跟着男人移居大上海了，周围的人们纷纷上门道贺，并希望有朝一日来到上海时能在她的家中借住。

她一一答应，客气地招呼所有人，但不知为什么，心里总有一丝不安的情绪挥之不去。

她在二十一世纪初跟着丈夫来到上海，那年她已四十二岁。

在东北那地儿，她是少有的温柔女人，细致漂亮，但是到了上海，她发现，自己的嗓门还是太大了，脸上的毛孔还是太粗了，走路的节奏还是太快了。她是个聪明女人，知道自己该怎么做。

在上海定居后，她每天都在雾气迷蒙的外滩散步，渐渐地，便走入了上海深处。短短半年，她学会了一口地道的上海话，丈夫说这简直是个奇迹，一个说了四十年东北话的女人居然学会了上海话，她笑了，她注意到，丈夫对她说这些时，用的是标准的东北话。

三

我从未想过要做一个上海人，尽管从小到大，我的档案表上都写着祖籍上海，周围所有的人都说我长得像一个上海人，但我只承认自己是黑龙江人，那才是我的出生地。

父亲教会了我一口流利的上海话，他自己却不知在何时忘记了该怎么说。

母亲从小就常常对我说，长大了要去上海读大学，那里有全中国最好的大学，而且那里也是父亲做了一辈子梦而没有去成的地方。母亲说这话的时候，大眼睛里含着泪，让我心中一阵迷惘。

二十世纪九十年代末，我考入了上海一所著名大学，父母欣喜若狂，却没有送我来上海，在上海火车站接我的是从未见过的爷爷奶奶，这是一件非常奇怪的事，作为唯一的孙子，我居然从未见过爷爷奶奶，每次当我向父母询问这件事情时，他们总是神色尴尬语焉不详。

多年之后，在我终于有机会当面询问爷爷奶奶时，他们笑着回答我说，之所以这样，是因为爸爸迷路了，不记得回上海的路，而妈妈又不愿意给他带路。

那天得到爷爷奶奶给的答案之后，我好像也迷路了，懵懵懂懂跟着他们一条街一条街地转了好久，没有找到学校，手中倒是多了一大包衣服和零食。

大四的时候，爷爷奶奶不幸在一次车祸中去世，我悲伤之余却惊奇地发现，爸爸妈妈来到了上海，给爷爷奶奶办完后事之后，他们居然定居下来，这让本以为会结束煎熬返回东北的我心中一片冰凉。

每天看着父亲操着一口东北话在上海街头四处逡巡，每天看着母亲操着一口上海话在外滩漫步游刃有余，我恍惚间产生了一种错觉，似乎本来生在上海的应该是母亲，而父亲则一直就在黑龙江的某个小镇茁壮成长着。

在毕业的那一天，我表现出一种少有的坚决，要求回到黑龙江继续我未来的生活，听了我的话，父亲一直沉默，而母亲则在不停地劝我留在上海，后来，父亲突然有些粗暴地打断了母亲，他拉着母亲走入两人的卧室，那一晚，那间卧室的灯一直亮着。

第二天，父亲提出，趁着现在没事，一家人去呼伦贝尔大草原一游，虽然觉得有些突兀，但我还是很高兴地答应了。

在漫无边际的大草原，父亲和母亲带着我深入腹地，直至我感到心慌发现路已无法辨认时，父亲对我说，人在大地上生活离不开大地，但是在大地上，人是会迷路的。

母亲对我说，在迷路的时候，最好抬头看看天空，白天天空有太阳，晚上有月亮星辰，它们都会为你指路。

父母的话饱含深意，令我似有所悟。

很快，我们一家三口走出了草原，回到上海后，父母变卖了房产，离开上海的那天，母亲对我说，儿子，对于我们来说，你就是我们的天空。

我明白了，原来父亲放弃上海扎根黑龙江，是因为母亲和我是他的天空，母亲离开黑龙江定居上海，是因为父亲和我是她的天空。

故乡是那个永远回不去的地方

一

从父亲去世的那一刻起，故乡就成了我梦中常常出现的地方，记不清有多少次，我在醒来之后，擦去满脸的泪水，然后在一张纸上画下故乡的样子。每当这个时候，我就会庆幸父亲为我做出的这个选择，学习绘画。

一个小山村的孩子学习高雅的绘画艺术，就像是一件不靠谱的事情，但这确确实实发生在了我的身上。我清楚地记得，当我身穿粗布衣裳，背着一个大包袱来到离故乡千里之外的陌生城市时，心中有着一丝遮掩不住的慌乱，特别是在踏入那所艺术气氛浓郁的大学后，看着身边衣着时尚的同龄人，我的心底就会泛起一股浓浓的自卑。我承认，那个时候，我有些恨父亲，为什么要让我学绘画，为什么要让我爱上绘画。

很小的时候，父亲就给我买来了许多彩色画笔，每天的清晨或是黄昏，他会用那双黝黑粗糙的大手牵着我走入大山深处，他会指着一座山或是一朵花让我把它们画出来，如果我画了，他就会笑得合不拢嘴，如果我不画，他就会愁眉苦脸一脸沮丧。就是在这种环境中，我的绘画技术不断提升着，事实上，这完全是一种与生俱来的天赋，因为没有任何人教过我美术的专业知识，我只是用最简单的思维去作画，就是把看到的东西用笔尽量完美地画出来。

那时候，父亲回到村里就会四处向人展示我的画，他兴奋地对每一个人说："看，我闺女画的，你看，多好看！"村里人多是敷衍地笑笑就走了，但父亲却会把笑容挂在脸上好久。看到相依为命的父亲这么高兴，我也会感到快乐，也更加沉迷于绘画，但实际上，我沉迷绘画还有另外一个原因，只有在绘画的过程中我才能全身心地投入，才会暂时忘记那个深藏在心底的伤痕。

那伤痕，是母亲留下的。母亲在我记忆中的形象早已模糊不清，我只知道，她抛弃了我和父亲不知所踪，她离开时，是父亲最困难的岁月，原本在乡里教书的父亲被打成右派批斗，年迈的奶奶瘫痪在床，刚刚两岁的我也需要人照顾，可就是在这个时候，母亲消失了，没有留下只字片语。后来，我从一些乡人的口中得知，母亲其实是外地人，不知什么原因来到了村里，父亲收留了她，后来就有了我。

二

因为我的画越画越好，而且学习成绩一直在乡里名列前茅，所以我成功考取了这所远在南方的美术学院。

说实话，我很想早一些逃离父亲的视线，因为他对我的关怀已经达到了一种近乎疯狂的地步，我的穿衣吃饭，甚至一举一动他都要干涉，这直接导致一个曾对我表露好感的男孩望而却步，这让曾经对爱情满怀憧憬的我备受打击。我已经长大了，需要一个属于自己的空间，而现在，这一天终于来到了。

但来到大学校园后，我却没有找到期待中的自由，反而陷入了深深的自卑中，我开始恨父亲，为什么让我学习绘画，一个农村女孩为什么要学这些城市孩子都学不好的东西呢？渐渐地，我放下了画笔，陷入虚荣的陷阱。我开始买新衣服，用昂贵的化妆品，我要抹去身上那种来自农村的柴火妞的味道。

但父亲每个月给我的钱实在少得可怜，也就仅仅够我交学费和基本的温饱，我试过出去打工，但很快就发现，除了绘画，我根本不会别的东西，或者说，从小到大，父亲根本没有让我干过除了绘画和学习之外的其他事，我甚至连端盘子都端不好。

最终，在虚荣心的作祟下，我有生以来第一次对父亲撒了谎，我说学校要买新教材购置新的画具，需要钱，电话那头的父亲没有半点犹豫，他说没问题，等着，钱很快就寄过来。

我心怀忐忑地等了一个星期，终于收到了一张三千元的汇款单。拿着小小的汇款单，我的心中泛起一阵愧疚，但是很快，这份小小的愧疚就随着一件件新衣服和化妆品的到来而瞬间烟消云散了。

这以后，我开始隔三岔五地向父亲要钱，父亲无一例外地满足了我。渐渐地，我竟有了一个错觉，父亲一定是有钱的，只不过他一直不让我知道。短短三个月，我就完成了从农村女孩向城市女孩的蜕变，更令我欣喜的是，我的身边有了追求者。我完全没有留意到，短短三个月，我就花了一万块钱，与此同时，我的绘画技术却在每况愈下，终于，在期末考试后，班主任通知我，因为专业课太差，我可能无法升入大二，他要我通知家长来学校一趟。

听到这个消息，我像被五雷轰顶一样，我完全能想象到，父亲来到校园后，我的那些同学会以怎样的眼光来看待他，来看待我。不行，绝对不能父亲来！绞尽脑汁之下，我想到了一个办法，我以一百块钱的代价，联系了一个饭馆老板，要他以我父亲的名义给学校打了个电话，声称自己因为身体残疾无法来到学校。最终，这件事不了了之。我在庆幸之余，却不知道，这个时候，我内心的魔鬼已经渐渐苏醒了。

随后，我又对父亲撒了一个谎，我说假期学校要搞实践活动，我无法回家过年了，电话那边的父亲沉默了很久，最后才讷讷地说，那也好，画画重要，画画重要。

见证了谎言的功用，我渐渐习惯了用谎言编织一个个幻境，用谎言搭建起了我的虚荣之城，而我，则沉迷于城中无法自拔。

三

再次见到父亲已经是一年之后了，那天，传达室通知我父亲来了，我的心差点跳出胸腔。在传达室见到父亲时，我简直不敢相信自己的眼睛，一年不见，父亲仿佛苍老了十岁，他穿着那件数十年一成不变的蓝布衣裤，曾经挺拔伟岸的腰身彻底佝偻了，仿佛随时有可能垮塌，他的两鬓斑白，脸上皱纹丛生，仿佛被画笔皴擦出来的丘陵一般，看到我，他混浊的双眼猛然射出一道光芒，他疾步跑到我面前，却又嗫嚅着说不出话来。

此时的我已经完全像一个城市女孩了，碎花小 T 恤，紧身短裙，最新款的达芙尼凉鞋，我想，父亲正是因为见到了我的模样才不敢对我说话的，我想叫声爸爸，但是，内心的魔鬼却再一次占据了我的心，我鬼使神差地叫了一声："二表叔，你怎么从乡下来了，也不提前说一声呢？走，快跟我去宿舍吧。"

听了我的话，父亲惊呆了，他看着我，仿佛一下子明白了什么，却没有出声反驳，而是默默跟着我走出了传达室，在我们身后，我清晰地听到那个门卫刺耳的声音传来："一个村里的穷酸，也敢冒充大学生的爹，这年头，真是什么人都有啊！"

听到门卫的话，父亲停顿了一下，身体微微发抖，我连忙拉着他，快步逃远了。

在宿舍里，听着我不停的埋怨，父亲始终一言不发，最后，他放下三千块钱就离开了，他走得是那样快，让我追都追不上，而我，也没有勇气在校园里不顾淑女形象地追一个明显是农村来的中年男人。

父亲走后，一切又恢复了正常，他依然会满足我的任何要求，只是每次电话里，我们的对话都少得可怜。或许是因为对于父亲心存一份歉疚吧，我又重新拿起了画笔，在良好的艺术氛围里，我的画技突飞猛进，成绩从最初的不及格很快到了优秀。

我开始画很多东西，人物、山水、花鸟，但不知道为什么，我总是在刻意回避画一个主题，那就是故乡，还有故乡盛放的那些记忆。

四

毕业后，我顺利地留在了城市，进入了省画院，有了自己的画室，就在我踌躇满志准备开展事业的时候，我的手机响了，是一个陌生的电话号码，接通后，一个女人的声音传来："你是青雪吧？我是你母亲！"

我震惊地半天说不出话来，是母亲，那个没有任何印象的母亲，真的是她吗？

电话里，母亲的声音激动得有些哽咽："是你爸告诉我你的手机号的，青雪，对不起，这些年来，我没有尽到一个母亲的责任。"

我渐渐平静了下来，或许是感到了我的冷漠，母亲突然说："青雪，你快回家来吧，我对不起你，但我更对不起的，是你的爸爸。他，他快不行了！"

母亲的话让我的大脑瞬间一片空白，我惊呆了，父亲怎么了，他不是一直都很好吗？面对我的追问，母亲却泣不成声再也说不出话来了。没有任何犹豫，我立刻踏上了回故乡的路，在得到这个消息的那一刻，我才突然意识到父亲对于我的重要性，在路上，想到父亲要离开我，我感觉到天仿佛都要塌下来了。

在乡卫生院，我见到了卧病在床的父亲，他的身边是一个中年妇女，看到她与我极其相似的眉目，我立刻确定，她一定就是我的母亲，但是，我没有理她，我只是怔怔地看着病床上的父亲，骨瘦如柴的父亲脸色蜡黄，像一根稻草般没有了重量，他已经无法说话了，看到我，他只是奋力地将散乱的目光收拢起来，他的眼中有一层氤氲的雾气正迅速弥漫开来，两行止不住的泪水也从我的双眼无声地流了下来。

我不敢相信，这个与我相依为命的男人要走了吗？那双曾经牵着我的有力大手就要失去力量了吗？那份我不敢面对的温暖就要冷却了吗？这些问题都清晰地摆在了我的面前，许多事情瞬间涌上了心头，父亲对我是那么好，可是这些年来，我对他做了些什么啊！那一瞬间，内心的魔鬼被我撕扯得支离破碎，那种心痛是那样的真实而清晰。

一直到父亲离世，他都没能再说出一句话，后来，我听医生说，一个人在死亡前会失语，而父亲失语后整整支撑了三天，我知道，他是在等着看我最后一眼。

母亲告诉我，其实这些年，她一直都想带我走，但父亲拒绝了她，并且拒绝了她带来的钱，为了满足我的虚荣，父亲四处打工甚至卖血，他甚至连去医院做检查都舍不得。最后，母亲告诉我一个天大的秘密，我根本不是父亲的亲生女儿。当时，她是一个学美术的知青，能画一手漂亮的水墨画，在邻乡被人强暴后逃到了父亲所在的村里，父亲收留了她，并因此被打成右派，其实，她的离开父亲也是知情的，但父亲没有挽留她，也没有责怪她，反而终生未娶，一直过着与我相依为命的贫苦生活。

我拒绝了母亲随她生活的愿望，也离开了省画院，而是留在了那个从小生长的小山村当了一名美术教师，虽然身在故乡，但是，我却再也画不出故乡的模样了，我知道，随着父亲的离去，故乡已成为一个我永远也无法回去的地方。

真爱如茶

他爱喝茶，自从两年前来到这座城市，他就一直在寻找一个令他满意的茶楼。终于，他在一条僻静的小街发现了这家名叫“真爱如茶”的茶楼，这里的茶让他嗅到了熟悉的味道。从此，这座小小的茶楼便成了他会客与休闲的地方。

他是因为茶才遇到了她。那一天，在一间精致的茶室，他和一个客户谈生意，不料竟谈得火星四溅，两个人在静谧的茶楼吵了起来，眼看就要拳脚相加，就在双方剑拔弩张之际，她悄悄走了过来，把他摔在桌上的茶杯和一众茶具慢慢收起。那一刻，看着如一杯香茗般淡雅美丽的她，他竟然再也激不起心头的火气。

她是这座茶楼的老板，也是一个不幸的女子。她是个孤儿，在孤儿院中长大，孤儿院的院长是个爱茶的老太太，慈祥安和，闲暇之际，便教会了她茶道。在孤儿院的十余年岁月里，她一直与茶为伴，茶的香气氤氲着她的童年，带她走入了美丽的青春岁月。

名利场中摸爬滚打多年的他本不相信一见钟情，但见到她的那一刻，他完全迷失了自己。

他对她展开了疯狂的追求，玫瑰、香水、首饰、名包一件连着一件，但她却始终不置一言，只是把他送来的东西都堆放在茶楼的前厅，连包装也未曾打开过。眼看着一支支鲜艳欲滴的玫瑰慢慢枯萎，他的心也渐渐沉了下去。

他想，难道人到中年的自己再也不配拥有爱情了？可是，这一生，他还从来没有像这样真诚地喜欢过一个人。

他有些疯狂地想，如果在生命中错过了她，那么自己的一生将会变得毫无意义，他不由自主地想起那个深藏内心的秘密，那个秘密是无法触碰的，一碰就是满身的伤，在伤痛之余，他暗暗下了决心，作为一个男人，自己不能在同一个地方跌倒第二次。

后来的日子，他每天都流连在茶楼，却渐渐不再喝茶，而是喝起了酒，终于有一天，他喝醉了，痴缠着她想得到她的回答。

她看着他依稀有些熟悉的面容，缓缓地讲了一个故事：三十年前，一个离异的女子独自带着儿子生活，女子嗜茶，便开了一家简朴的茶馆，在那个年代，单身女子的生活并不好过，可为了抚育孩子，女子不得不抛头露面。喝茶的人很少，母子俩的日子过得异常艰难，这时有个中年丧妻的男人常常来喝茶，时日久了，便想和女子合成一家。女子其实也想再建立一个家庭，而且也觉得那男人不错，听闻着外面的风言风语，女子并不在意，但她一直在犹豫，她犹豫的是幼小的儿子对这件事的态度，那个年仅七岁的男孩表现出了非同一般的决绝，最后甚至不惜离家出走。女子最终没有嫁给那个男人，但她的儿子却再也没有了消息。后来，女子开了一家孤儿院，用微薄的收入收养了十几个孤儿，三年前，女子去世了，临死前，她让每个孤儿沏了一杯茶给自己，每一杯茶都清香怡人，但却仍然止不住女子流淌的泪水，每一个孤儿都知道，她是在想念那个少年离家的儿子。

听着她的诉说，他痛哭流涕，曾几何时，倔强的他从母亲怀中挣脱，母子一别，竟然已过了整整三十年。

他终于明白了为什么自己会对她一见钟情，原来她的身上有着母亲的影子，他也终于明白了真爱如茶的含义，原来那一盏摇曳的香茶，恰如母亲的一生，温润，盈满，包含着爱的真谛，却也盛满了他永远无法弥补的悔恨。

种下一颗善心

一

他的家在一个平原上的贫瘠小村落里，零零散散的三十多间土瓦房构成了这个生养他的地方。

从记事时起，他就跟着黝黑健壮的父亲一同到地里干活，两亩薄地，在阳光与汗水的浇灌下，总会生长出郁郁葱葱的庄稼，父子二人就靠它们生活，偶尔，父亲也会带他去附近的河里摸鱼，他瘦弱的胳膊与纤细的手指总是抓不住那些滑溜溜的鱼，而父亲每次将手掌从水中抽出，总会紧紧钳着一条肥硕的大鱼，每当此时，父亲在阳光下黝黑发亮的身体总会让他羡慕不已。

他希望能有一天，能有父亲一般高大健壮的身体，但懵懂的他却又隐隐地感觉到，皮肤白皙如纸的自己跟黑炭头一般的父亲之间似乎总是隔着些什么东西。

有时候，路人的指指点点会让他感觉很不舒服，特别是那些偶尔飘入耳中的话语。

“这白小子早晚会走的，你看那细皮嫩肉，一看就是读书人的种，田柱子可生不出来。”

“田柱子干农活是个好把式，可这田芽子是怎么带也不成的，你看他干活那样，唉，不是自家人啊，就是白白可惜了田柱子啊！这眼看着就能成家的人了，谁承想又多出一张吃饭的嘴。”

二

他叫田芽子，田柱子就是他的父亲。长大以后，他才知道，自己没有娘，是因为田柱子一直没有娶妻，据说，当时田柱子跟邻村定了一门亲事，但是就在办婚事前一个月，田柱子家门口突然被人放了一个包裹，包裹里有一个刚出生的婴儿，田柱子把这个孩子收留了下来，那个定了亲的姑娘就退了婚。

其实，田柱子当时可以把孩子送走，也有不少人劝过他，可田柱子硬邦邦地说，那人把孩子放在俺门口，准是打听了俺一准儿能对这孩子好，俺要是再把他送了人，不成了背信弃义了吗？

村里人对田柱子这奇怪的逻辑无可奈何，只得看着这孩子在田柱子家一天天长大。人们在背后说，田柱子这孩子实成，不枉了这么多年村里人的帮衬啊，只是可惜了这孩子，他娘活着时候老念叨的抱孙子看来是没希望了。

田芽子成了田柱子的儿子，却不是田柱子老娘的亲孙子。这个事，让村里人恨起了那个把田芽子放在田柱子门口的人。

三

田柱子生下来就没有爹，他跟娘从河南逃荒来到这个村，实在走不动了，就住了下来。村里人看这娘俩可怜，就给他们盖了一间草房，结果不到一年，老娘就撒手走了。临走前，老娘给全村人挨个磕了头，让他们帮衬着柱子点儿，让他能娶个媳妇，生个儿子，这样家里的香火才断不了，她才能有脸去见柱子三代单传的老爹。

村里人看着田柱子长大，看着他成了土地里的一把好手，可眼看着这五大三粗的孩子就要娶媳妇了，没想到天上掉下个田芽子来，偏偏这田柱子跟他娘一样，也是个三头牛拉不回来的主儿，也只好由着这一白一黑的爷俩儿在田间地头嘻嘻哈哈地辛苦度日了。

四

村里人说对了一件事，这田芽子真不是个锄地摸鱼的主儿，他是块读书的料儿。

村里的小学校里，田芽子上到小学五年级，就能连着老师带学生一块教了，村里兼职教学的支书闺女秀芬对田柱子说，这芽子了不得，我只上了个初二就不上了，我可教不了他了，你让他到乡里上学吧，一准能成个做大学问的。

田柱子刚一听挺高兴，一转念头又发起愁来，这乡里上学听说要花不少钱，他种的那两亩薄地根本不够花的。正愁着，冷不丁秀芬说了一句，柱子哥，你别急，要不，我跟你一块儿供田芽子上学？

一听这话，田柱子咧开大嘴笑了，一直到村支书到家里来商量结婚的事，他才恍然大悟，原来秀芬是要嫁过来啊。

支书走了以后，田柱子想了半天，虽然秀芬对田芽子好，但这丑话还是得说到前面，如果田芽子不愿意，这婚还是不能结，就是结了，如果田芽子不愿意，也不能随便就给他添个弟弟或者妹妹的。

五

十岁的田芽子懂事早，他知道，二十出头的秀芬能看上快三十的田柱子不容易。秀芬她娘是村里有史以来第一个离婚出村的女人，这让秀芬心里有道伤疤，她从小就在乡里上学，远离这份平原上的小村子，见过形形色色的人，知道一个人实在到田柱子这份田地不容易，这样的男人值得嫁，更何况，她一见到田伢子就喜欢得不得了，好像在什么地方见过他似的。

有了田芽子的同意，田柱子跟秀芬就成了家，接着田芽子就去了乡里上学。

离开了田柱子，田芽子不觉得怎么样，田柱子倒是不舒服起来，隔三岔五地就要去乡里看看。有一天，田芽子对爹说，我想要个小弟弟。田柱子说好，那咱就要一个。

一年以后，田芽子有了个小弟弟，又黑又胖，长得跟田柱子一模一样。田柱子每次去看田芽子都要带着他，田芽子看着小弟弟，再看看染了白发的老爹，心里酸酸的。

六

时间过得飞快，转眼田芽子大学毕业留在了城里，他的弟弟小柱子不爱上学，就跟田柱子一起在家里种地。

这一天，田柱子家里来了一个人，说要找田柱子，恰好田柱子不在，秀芬出来一看，顿时就呆住了，这个人竟然是她的亲娘。

虽然二十多年没见了，秀芬还是一眼就认出了她。秀芬娘穿着城里人的衣服，一点泥土味也没有，只是脸色有些灰土，见到秀芬，秀芬娘有点不好意思，还好黑黝黝的小柱子跑了出来，秀芬娘赶紧走到小柱子面前，塞上几块糖，说这就是我那大外孙子吧，可真壮实。

田柱子回来以后，就跟秀芬娘一块进了里屋，再出来的时候，两个人眼圈都红红的，一句话也不说，看得秀芬心里怦怦乱跳。

那天晚上，田柱子告诉秀芬，田芽子是秀芬娘放在自己门口的，这件事，秀芬爹早就知道。

七

田芽子虽然到了城里工作，可一直没有改名，这个土土的大名常常引来人们的询问，每一次，他都笑着说，村里人，土里生泥里长的，多认识了几个字，这不就到城里来了。

其实，田芽子早知道自己的身世了，秀芬爹有一天喝高了，把他拉到屋里一把鼻涕一把泪地告诉了他那些秘密。

原来，秀芬娘是个知青，为了回城，先嫁给了秀芬爹，成了贫下中农，又离了婚，换回了城里户口。离开村里后，秀芬娘发现自己又怀了孕，她不愿放弃这个孩子，就把孩子又悄悄送回了村里，秀芬爹是支书，而且已经有了秀芬，不能违反国家的计划生育政策，就寻思着找个离得近的好人家把他送去养着。

秀芬娘说，满村一百多口人，只有田柱子能对咱这孩子好，因为他吃着百家饭长大，过得虽然苦，可心里都是些良善啊。

于是，第二天早晨，田芽子被偷偷地放到了田柱子家门口。

八

田芽子还是见到了秀芬娘，实际上，如果不是身患绝症，秀芬娘是不会跑到村里见田柱子和秀芬这一面的。

秀芬娘对田芽子说，自己离开了村子才知道了后悔，那个平原上的小村子虽然穷，但是种植了那么多善良的心，也只有在那里，田柱子和田芽子才能长大成人，如果能重来一回，自己绝不会抛弃那里的，而且还要一辈子都扎根在那里。

听了亲娘的话，田芽子什么也没说，该流的泪他早已流干了，但亲娘说的这些话还是说到了他心坎里。

和亲娘告别后，田芽子知道，经历了这几年在城里的奋斗，自己那个从小就制订的计划终于可以开始实施了。

那还是田芽子十岁的时候，有一天，田柱子带他到地里播种，木讷寡言的爹突然说了一句，这土地啊是最知道冷暖的，你苦了累了，哭了笑了，它都不会笑话你，你说什么它都会仔细听着，你播下什么种子它就会长出什么样的苗来，你看，芽子，这苗长得多好！

在那一刻，田芽子就默默地对自己说，等自己有了能力，一定会回到这片土地，办一所好学校，用生命来回报这片土地的恩赐，也就是从那一刻起，田芽子将自己的心灵种植在了这片广阔的大地上，无论他身在何处，将面临怎样的困惑与艰难，都能从大地中汲取到无穷的智慧与力量，都可以坦然地去面对命运，让那颗被大地滋养的善心不停地拔节生长，开花结果。

愛情卷

青春不懂雷蒙达花

据说，南美洲海拔4000米的安第斯高原上，长有一种一百年只开放一次的雷蒙达花，它在临终前才开花，然后立即枯萎而死，它开的花芳香扑鼻，每穗约有8000朵。一直以来，无数恋爱中的青年男女都用雷蒙达花象征爱情的忠贞与珍贵，但是，懵懂的青春岁月里，有多少人能真正看清这样一种生长和死亡，能用心见证这样一种等待和绽放，又有多少人能真正懂得雷蒙达花的真正含义呢？

青春不懂雷蒙达花

据说，在南美洲的安第斯高原上，有一种一百年只开放一次的雷蒙达花，花穗长达 10 米，像塔一样高高耸立，它在临终前才开花，然后立即枯萎而死，它开的花芳香扑鼻，每穗约有 8000 朵。

在读到关于雷蒙达花的资料后，二十六岁的普雷德决定起程前往安第斯高原，普雷德心中有一个未解的谜题，他相信，高原上的雷蒙达花会给他一个答案。

普雷德从欧洲飞到南美洲，来到玻利维亚，从这里踏入了安第斯高原，一个星期之后，他在一个古旧的乌尼小镇上安了家，这里的海拔高达 3320 米，空气稀薄，天空蔚蓝，所有的一切都神秘似海，普雷德在这里过上了与世隔绝的安静生活。

在这个叫作乌尼的小镇，普雷德虽然四处打听，却没有得到关于雷蒙达花的任何消息。

二十八岁那年，他在小镇遇到了目光明亮的原住民女孩安雅，安雅看中了这个有着蔚蓝色眼睛、性格内敛的小伙子。

这年秋季的一天，安雅邀请普雷德攀登汉科乌马山，她神秘地告诉普雷德，汉科乌马山上有一株雷蒙达花，普雷德欣喜若狂，他立即答应并取出准备多年的登山装备，可在攀登开始后的第二天，普雷德发现他携带的装备都消失了，安雅告诉普雷德，大山是人类的父亲，它仁慈而宽容，对每个山脉孕育的孩子都关爱有加，它希望自己的孩子也像它一样真诚，所以安雅扔掉了普雷德携带的装备。

高原上的印第安部落总有很多奇特的规矩，普雷德对此无可奈何。

两人在山脉间行走了一个月，穿越了美丽的火烈鸟聚集地，与野生南美羊驼并肩行走，他们风餐露宿不畏艰苦，从温暖和煦的阳光天地走入人迹罕至的苦寒高峰，普雷德承担了一个男人的责任，捕猎食物，卫护女伴，安雅则为普雷德指明方向，引领他向着最高峰挺进，两人互携互助，在一次次生存极限中达到了一种微妙的默契。

终于有一天，两人攀上了山顶，但普雷德失望地发现，山顶并没有传说中的雷蒙达花，只有几株干枯的无名树挂满了千年不融的冰雪，普雷德沮丧地倒在地，却发现安雅郑重地跪在地上，她微闭双眼抬头面对着茫茫天际虔诚地诉说着什么，她说的是一种古老的语言，普雷德只听到她在不停地重复着一个词：雷蒙达。

下山途中，两人遇到了罕见的大雨，大雨引发了泥石流，在千钧一发之际，安雅递给了雷蒙德一根火红色的细长茎管，随即两人被泥石流淹没，雷蒙德及时捏紧鼻子依靠这枝坚硬的茎管活了下来，安雅却被泥石流带走了年轻的生命。

回到小镇，雷蒙德悲伤地告诉了安雅父母发生的一切，并将红色茎管还给他们，但他们平静地拒绝了，安雅的父亲对雷蒙德说，这根茎管其实就是雷蒙达花的花茎，古老的部落有一个传承千年的风俗，如果一个姑娘爱上了一个男人，就要带他攀登一座山，如果男人通过考验，姑娘会送给男人部落中珍存的雷蒙达花。

原来，神秘的雷蒙达花就生长在小镇上的某处，只是百年之期未到，它只是一株普通的植物。

普雷德捧着手中的雷蒙达花，心中百感交集，事实上，他是因为失恋才决定来这里的，他的初恋，那个美丽的西班牙女孩告诉他，只有采摘到最最震撼人心的雷蒙达花，才会给他一个机会。

普雷德终于明白，原来爱情方程式是这样的，青春乘以迷惑等于成长，同甘共苦乘以生命流逝等于生命顿悟，而隐藏在生活中的爱情付出生命的代价，就是真正经得起百年磨砺终于能一朝辉煌的雷蒙达花，它就是为了爱情义无反顾的美丽女孩安雅。

爱的折返跑

炊烟在群山间袅袅升起，一群群鸟儿飞来又飞去，暮色掩映下的一切显得那么恬静美丽，几个小小的村落，静静地伫立在山谷之中，引来了天空中无数鸟儿争相俯瞰。

她，就像一只鸟儿，从遥远的繁华都市来到了这里，第一眼就爱上了这个地方，这里的一切，就像她在大学里主修的山水画一样迷人。

她在支教的学校遇到了他，同样的优秀卓然，同样的开朗爱笑，同样的对未来充满希望，唯一不同的是，他本就是这小山沟里飞出的鸟儿，如今，只是倦鸟归巢。

他教语文，她教画画，山里的孩子纯朴，都把她当作书中的仙女，在春天，孩子们把一丛丛绚烂的花儿堆放在她的办公桌上，她喜欢这些花儿，但她一直没有找到最想要的那一朵。

支教生活的每一天，他都会抽时间陪她到山谷中写生，陪她去山顶看落日，给她讲笑话逗她笑，陪她谈理想与人生，可是不知道为什么，每当一切似乎要水到渠成的时候，他都无一例外地选择了沉默。

两年支教期，与他同处的欢乐时光飞速逝去，离开前夜，她终于无法按捺，写了一封长长的信给他，她芳心可可，期待着他能与她携手走出这贫瘠的大山，去实现人生的价值，在信里，她承诺会帮他改变人生，把他带到那个充满机会的大城市。

她等来的依然是沉默。

最终，她带着无尽的幽怨离开了大山，那一天，火车上的她泪光闪闪，站台上的他对着远去的列车用力地挥着手。

城市对她敞开了怀抱，她迅速投入了紧张的工作之中，她设计的版画创意新奇又浑然天成，很快成了公司的金牌设计师，成为令人羡慕的金领一族。

但只有她自己知道，拼命工作，只是为了忘记他，可那些美轮美奂的设计图版却出卖了她的心，图版上点滴流淌的，总是那些大山中的画面，炊烟、山谷、青草、野花、落叶、白雪，不同的背景中，总有两个年轻人，一男一女，一个是他，一个是她。

她明白，爱情已到了终点，一切都已远去，她甚至无法得到他的任何消息，在她回到城市的那一天，他的手机号码已变成了空号，而她也没有了重回大山的勇气。

时光让她和他的命运按照各自的轨道行进着，她很快成为"剩女"，在父母的催促下嫁给了一个并不爱的人，经历了一段两年岁月都无法抵挡的失败婚姻。

再次成为单身之后，她的生活平淡得像一杯白开水。突然有一天，一个从大山考到城市的孩子找到了她，她从孩子的嘴里得知，她走后的第二年，他为了救一个滑下山崖的学生摔断了腿，落下了终生残疾，山里人知恩，轮流照顾他，帮他重返了讲台，又过了两年，他娶了一个山里女子，现在，他还在教书，闲暇时还在山谷种植了一大片玫瑰花……

她终于抑制不住内心的澎湃，再一次来到大山，就像一只倦极的鸟儿。她来到那个与他常去的山谷，远远地，她看到一个步履蹒跚的男子，站在一大片火一般燃烧的玫瑰丛中。

她驻足观望了一会儿，便悄悄离去了，她很奇怪，为什么来时心里像有一团火，可走的时候却已如潭水般平静，只是长久以来空虚的内心，分明有了一份满足。

她知道，自己已经重新拥有了爱情，虽然仍有缺憾，但缺憾也是爱的一部分。

她终于明白，爱情就是一场折返跑，当她以为一切都已走到终点的时候，其实却是一个新的起点，回到它最终萌生的地方。

爱情直播

经过这间咖啡屋的时候，小艾总感觉里面在下着雨，无论是酷夏还是寒冬。

有一天，她真的走进了这间小屋，和一个陌生的男人枫。枫之前的经历小艾一无所知，她也说不清为什么和他走进了这间咖啡屋，也许是这个陌生男人邀请她喝咖啡时流露出的那种自信感染了她吧。

第一次喝咖啡的经历新奇而难忘，一向文静的小艾和枫说了很多很多话，像一对很久没见的老朋友一样，尽管这只是他们初次见面。走出咖啡屋之后小艾的嗓子痛了好长时间，也许不仅仅是因为话说得太多的缘故吧，还有咖啡中那一股灼热的味道……

那一年，小艾二十一岁，大学毕业远离父母在这座小小的海滨城市工作，她在一家电脑公司做文案，忙碌的生活常使她感到难以承受，枫适时地出现给了小艾一个休憩的港口，而那间下着雨的咖啡屋更像是一个温柔的见证。一晃半年，两个人彼此已经默契到知道对方喝咖啡时需要加几块糖了，每天他们不用约定就会来到这儿，风雨无阻。

就像一切爱情都不需要理由一样，尽管枫从来都没有向小艾表白过，但小艾知道自己已经爱上了枫，有了一种对于枫的依赖与信任。

枫告诉小艾，他是一个浪子，居无定所，在城市之间游荡，凭借自学的计算机技术养活自己，生活过得虽然并不富裕，可是却很自由，也很满足，四年多来，他在很多城市都留下了足迹，但从来没有像现在这样，在这样一个小小的城市逗留了这么久，那都是因为她。那天，在办公楼下他看见小艾，就立刻走过去邀请她去喝咖啡，而选中的这间咖啡屋正是小艾总想去的那一间。

这间小小的咖啡屋充满了蓝色，深邃而悠远，可小艾总是感觉蓝色的天空在下着雨，她看着枫的眼睛，感觉到黑亮的瞳孔里面有一丝光在闪动。小艾知道，她正生活在一个女人一生中最幸福的时光里。

不知为什么，枫很少对小艾有亲密的举动，最多也只是牵牵手搂搂肩什么的，小艾虽然很渴望初吻的悸动，却碍于少女的羞涩而无法主动，而枫似乎也不在意这些事情。他们在咖啡屋里只是喝咖啡，聊天，听对面乐队的弹唱，偶尔枫会为小艾点上几首歌曲，譬如《爱是蓝色的》，听这首歌的时候，枫总会看着窗外，蓝色的玻璃为窗外的街道涂上了色彩，也让枫的眼神变得平静而坚定。这个时候，小艾会发现，枫的心里藏着很多的事，而她猜不透身边的这个男人，尽管她爱他。

小艾和枫相识一周年的纪念日，小艾的父母突然打电话说第二天要来看女儿，枫的手机却正关着机，于是小艾早早就到了咖啡屋，她要等枫来，告诉他要他见见自己的父母，小艾想象着枫听到这个消息时甜蜜的笑容。可是那天一直到午夜枫也没有出现，小艾看着窗外渐渐暗下来，乐队不知什么时候也停止了表演，咖啡屋里安静的只剩下了小艾心里淅淅沥沥的雨滴声。

枫消失一个星期之后，小艾的父母失望地走了。小艾发现，原来她连枫住在哪里都不知道，她根本就不了解枫。她发誓，如果再遇到枫，一定要像一个正式的恋人一样，向他索要一切她应当知道的东西。

可是枫似乎一下就消失了，就好像他悄然地出现一样。小艾开始担心他是不是出了什么事。她到处打听枫的消息，但没有人熟悉枫，也没有人知道关于枫的去向。

小艾渐渐变得落寞起来，她无心工作，离开了电脑公司。

小艾想到了登寻人启事，于是她开始出入这个小城的各个报社和电视台。

她终于找到了枫，应当说她又一次偶遇到了枫，只是这一次不是在那个蓝色的咖啡屋前，而是在热闹的电视台。那天清晨，枫正在和别人热切地聊天，聊得热火朝天，远远地小艾就听到了他熟悉的声音，但直到小艾走到他的对面，枫才注意到她，枫的脸上满是愕然，还有一丝尴尬。

小艾只对他说了一句话："我到处找你。"随后就失去了知觉。

小艾醒过来的时候，已经躺在医院洁白的病床上了，她看到一双熟悉的眼睛闪烁着喜悦的光芒，那是枫。小艾心里充满了疑问，枫摇了摇头说："你先把身体调养好，我会告诉你一切的。"他的语音仍然镇定得让人无法抗拒。

住了几天院，小艾终于恢复了健康，其实这次晕倒不过是因为多日来的焦虑和突然的激动所致，但枫坚持要她多观察几天。

枫带小艾来到了电视台，他对小艾说，其实他一直都在电视台工作，职业是一档时尚节目的编导兼演员。他翻出几盘节目拷贝放给小艾看，小艾吃惊地看到了自己，那是每天自己和枫在咖啡屋里的场景……

原来，这是一档真人秀节目，名字就叫《恋爱进行时》，每天都在对着小城的观众进行现场直播，为了追求真实的效果，枫选择了并不知情的小艾。小艾听着枫的诉说，泪水无声地流了下来，她默默地走出电视台，听不到枫在后面叫她的名字，她并不恨枫，只是现在脑海里一片空白。

一个星期后，小艾又找了一份电脑公司的文案工作，她又过上了熟悉的生活，只是，再也不去那个熟悉的咖啡屋了，小艾的手机换了号码，也搬离了原来的寓所，在得知自己真心付出的爱情成为一场真人秀之后，小艾对感情失去了信心，她忘我地投入工作中，希望忙碌的工作能让她暂时忘记感情带来的痛苦。

也许时间真的能冲淡一切，又一年过去了，小艾已经升任了公司的业务主管，幼稚脆弱的小艾变得成熟干练，只是面对身边潮涌而至的追求者，她却仍然静如止水。

说不清是为了什么，小艾又一次来到了那间熟悉的咖啡屋，在熟悉的座位上，她看到了枫，枫面前的咖啡桌上有两杯咖啡，咖啡的醇香让人沉醉，可是小艾却再一次感到了迷茫。枫来到小艾面前，他的声音仍然镇静得让人无法拒绝："我知道你会来的，我等了你一年。"

小艾没有说话，她静静地坐在熟悉的座位上，漫不经心地看着四周，周围的事物仍然熟悉，蔚蓝色的窗倒映着咖啡屋中的一切，蓝色的人，蓝色的咖啡，蓝色的空气，蓝色的天空。

枫打开咖啡屋里的电视，他和小艾出现在电视里面，他掏出怀里装着婚戒的精致盒子，走向小艾，单膝跪地……

爱情并不是形式主义，也不是一场真人秀，但它应当具有面对一切的勇气，这其中当然包括面对着亿万人谈一场恋爱的勇气。

十七岁的懵懂不知

十七岁时的我已经非常善于掩饰了，我悄悄关注着前座的女生，从她与别人的交谈中了解她的喜好，在每晚睡觉时开动脑筋，想着怎样才能引起她的注意，常常我会在梦中得到她的微笑，似乎有一丝阴谋得逞的味道，可一旦醒来，我就会忘记梦中那个完美的计划，深感遗憾之余，我又殚精竭虑，试图寻回梦中的蛛丝马迹，可与之相映成趣的却是，现实中我的计划总是千疮百孔，更是没有半点付诸实施的勇气。

终于有一天，我找到了一个机会，我发现前座的女生正在全神贯注地看一本武侠小说，可她只有小说的上部，却没有下部，耳边听着那个女生口中发出的叹息，我心中窃喜，因为这套小说我恰巧是有全套的。

第二天，我装模作样地把小说拿到了学校，在课间休息的时候，小心翼翼地拿出来装作聚精会神地看了起来，果然，同桌的喧哗声引来了前座女生的注意，她有些期盼地看着我手中的小说，似乎是鼓足了勇气才对我说，能不能，你看完之后借给我看看？

我装作不经意地说了一声，好吧，等我过两天看完了就借给你看，然后就继续“聚精会神”地看小说了。

整整一天，我都没听进课去，兴奋的心情充盈着我的内心，我终于和她说话了，尽管我根本就不知道下一步该如何去做，但能和她说上两句话也是一件满足的事情了。

后来的日子，我挖空心思地借来了很多小说，总是装作不经意地拿到学校，然后前座的她便会悄悄探过头来，我便乐此不疲地与她重复着简单的交谈。

高中三年很快过去，我俩的关系却一直停留在这一步，毕业后我们考上了不同的大学，随后便失去了联系。

直到一年前，三十岁的我才在一次同学聚会中与她重逢，初为人父的我和初为人母的她回忆起高中时光，突然心头似乎有一丝闪电般的火花闪亮起来，令我心中莫名感动，我清晰地意识到，记忆中那份朦胧的情感就是青春的记号，是懵懂的少年心怀在时光河流中荡起的一片闪亮的浪花，我们漫长的一生中最青涩的记忆曾与彼此相伴，只有当青春逝去的时候，我们才会意识到这是一件多么幸福的事情，当我们挥手告别青春，那片懵懂虽已不在，却变成了一段弥足珍贵的人生记忆。

爱就是一片叶子由绿变黄

十七岁时，我疯狂地爱上了诗歌，无论是天真单纯的顾城，还是内敛忧伤的海子，都令我如痴如醉，我每天阅读他们写下的美妙诗句，沉浸在诗歌营造的虚幻唯美的意境中，却浑然不知自己已经过于痴迷。

在那一年春天，我遇到了叶子，叶子是高中文学社的社长，也是我的学妹，她同我一样痴迷着诗歌，不同于我的是，叶子显得文静而内敛，除了深情吟诵诗歌时流露出的一丝忘我，大多数时间，叶子都埋头于课本之中，因此叶子的学习成绩远胜于我。

但我却不以为然，在我看来，这所学校中真正爱诗歌的人只有我。随着对诗歌的过度痴迷，我的学习成绩不断滑落，终于到了令父母无法容忍的地步，他们视那些诗歌如洪水猛兽，将我珍藏的诗集付之一炬，在一次激烈的争吵过后，我愤而离家，在校外的小酒馆里第一次喝醉。那天午夜，我摇摇晃晃地走在清冷的街头，仰望着满天星辰，感到诗中的意境距离我是那么遥远，内心深处自暴自弃的念头渐渐蔓延开来。

我学会了抽烟、酗酒，原本中游的成绩更是一落千丈，我变得孤僻易怒，同学们渐渐远离了我，那一次，我整整两个月没有回家。

直到有一天，在学校文学社举办的活动中，我愤世嫉俗的样子落在了叶子的眼里。

那天傍晚，叶子找到了我，她把我从酒馆中拉了出来，用一盆冰冷的水浇醒了醉醺醺的我，她只对我说了一句话："这就是你追求的诗的意境吗？"

我呆呆地看着叶子离去，突然发现她留下了两本书，是《顾城传》与《海子传》。

读完这两本书，我震惊了，我的两位偶像竟然都是英年早逝，而且都是自杀，他们竟然与这个世界如此格格不入，我渐渐变得冷静下来，内心深处禁不住一阵阵后怕，我终于明白，诗歌营造的世界虽然美，却是不存在的，只有正确处理好诗歌与生活的关系，才能更好地体会到它带给我的美。

我一夜未眠，第二天一早就回了家，看到一脸疲惫的父母，我第一次痛恨起自己的自私。回到学校后，我的学习重新步入正轨，只是每次看到叶子，我的心中总会有一种异样的感觉慢慢泛起，我感觉我与她之间应当会有一些故事发生。

叶子似乎已经忘记了那天和我之间发生的事，除了日常的交流，她与我之间依然保持着简单的同学关系，全然不顾我一次次的无事献殷勤，我以为她仍然在意我的学习成绩，于是就更加努力地学习，在暑期前的期末考试中，我的成绩提高了一大块，可我却意外得知叶子没有参加考试。

暑假过后，已是初秋，我回到学校，却得到了一个令人震惊的消息，叶子得了淋巴癌，生命垂危，而更令我震惊的是，早在一年前，她就已经得知自己患了不治之症。

在高危病房，我见到了头发掉光全身浮肿的叶子，她的样子令我心中万分痛苦，她看到我却笑了，指了指床头，那儿有一本书。她的声音已经很虚弱了，每说一句话似乎都要耗费极大的力气，她说："我还是更喜欢海子，他的忧伤更像是一种坚强，给我读读他的诗吧！"

那一年深秋，叶子的生命走到了尽头。

一直到很多年之后，我都常常在梦中忆起这样一个场景，在一间洁白的病房里，我泪流满面地读着海子的诗歌，而对面洁白的病床上，一个鲜活的生命却正在悄悄逝去，在那一刻，我似乎一下子长大了，我终于明白，什么才是真正的美，什么才是真正的爱，原来美就是时光中那些令人感动却无法挽留的瞬间，爱就是一片深藏在心中的叶子由绿渐渐变黄，而成长就是懵懂无知的我在痛苦的情感启蒙中渐渐成熟的过程。

一场爱情交易

一

从结婚第二天起，女人的笑容就在男人面前绝迹了，但是男人却一天到晚像个傻子一样笑个不停。

两个人的家，永远是男人一个人在忙碌，男人在煤矿上班，工作很累，但一回到家里，男人还得炒菜做饭，打扫卫生，女人则一边看电视一边嗑着瓜子，却一言不发，男人做完家务，就在一边陪女人看电视，一直等女人睡下了，男人才睡。

女人一个人睡那张为结婚置办的大圆床上，男人则睡在沙发上。

一晃三年过去了，两人没有孩子，女人依然不苟言笑，男人仍然笑容满面，只是眼角多了许多的皱纹。有人劝男人，离了算了，这样的女人不要也罢，她虽然漂亮，但是懒，最重要的是不会生孩子，每当听了这样的话，男人总是笑笑，不置可否，回到家后一切照旧。

男人知道，女人嫁给他，完全是一场交易，为了给父母治病，为了让上大学的弟弟继续学业，女人下嫁了他，他在煤矿虽然工作辛苦，但收入稳定，足以应付一年三万的支出，他也知道，她不会给他生孩子，就算生了，也养不起。

二

还有一年，弟弟就要大学毕业了，如果他能够找到一份好工作，或许能让自己的压力减少一些。女人看着电视，心中却在想着别的事情。

嫁给这个男人三年，她不知道母亲为她做的选择对不对，三年来，这个男人除了眼角多了一些皱纹，没有一丝一毫的变化，没有脾气，没有个性，像一个没有灵魂的人。

女人觉得男人不像个男人，她心中理想的男人应当言语铿锵掷地有声，应当果断勇敢坚强如钢，而这个三年来朝夕相处的男人，仍然像第一次见面时一样，如一块木头般闷声不响毫无情趣。

女人瞥了一眼身旁的男人，心头突然闪过一个念头，如果弟弟找到一份好工作，自己是不是可以离婚，去寻找自己的幸福？

三年来，女人的青春丝毫无损，反而保养得更加光彩照人，男人没碰过她一个手指头，女人可以肯定，如果去一个陌生的地方，所有人都不会知道她结过婚，自己完全可以重新开始。

女人想，男人一定会同意，但是母亲或许不会同意。母亲躺在医院里的这些日子，虽然已经不会说话了，但眼睛里总有一种东西流露出来，女人知道，母亲希望她能陪这个男人好好过下去。

三

男人不知道什么是爱，他第一次见到女人的时候是在医院里，他看着她为了给母亲治病给医生下跪的样子，心里突然像针扎了一样疼，他把自己的所有积蓄都交给了女人，在女人去交住院费的时候，他悄悄来到女人母亲的病房，和病榻上的老人谈了很久。

女人回来之后，母亲就要求她嫁给那个给她钱的男人，女人心中的感激一扫而光，但她最终还是答应了下来。

婚姻成了一场交易，女人对男人的感激变成了恨，如果男人不是别有用心，或许女人最终也会嫁给他，但不会是像现在这样，成为一场赤裸裸的买卖。

女人不明白，母亲为什么如此维护这个用钱买走她女儿的男人，还一个劲儿地劝她和男人好好过日子，母亲喋喋不休地说了两年同样的话，直到一年前，母亲病情恶化，丧失了语言能力，但还是用眼睛说着同样的话。

女人拒绝男人去看母亲，但男人总是能找到空隙来到母亲房里。有一次，女人偶然发现男人在母亲病房里，她愤怒地冲进病房，却发现男人满脸泪水，母亲却面带微笑地看着他，眼睛里满是慈爱与鼓励。

四

弟弟毕业后找了一份好工作，给她寄来了钱，两个月之后，母亲去世了，女人悲伤之余，突然有种如释重负的感觉。

男人跑前跑后为母亲操办丧事，哭得昏天黑地，比自己的亲娘去世还要伤心，女人看着男人，心头掠过一丝感动，但一想到这场婚姻交易，就立刻变得心如钢铁。

女人决定向男人摊牌，她记着男人为她花的每一笔钱，她打好了欠条，会全部还给他。母亲出殡之后，她找到男人，取出早已准备好的离婚协议书，说出了自己的想法，结婚三年多，她第一次面对面对男人说了这么多话。

男人的表情一如既往，平静得让她迷惑，她突然产生了一个疑问，做这一切，这个男人究竟是为了什么？

男人在离婚协议书上签了字，随后静静地离开了，把家留给了女人，一个人去了矿井的宿舍。

五

没有男人的日子，女人变得爱打扮起来，她决定在处理完离婚事宜和母亲留下的事物之后就离开这里，去一个遥远的城市开始新生活。

女人在一个人的家中自由自在，只是在夜晚来临时心头总觉得空荡荡的，三年来，女人早已习惯了男人在家中忙忙碌碌的样子，她下厨做了几个菜，竟然发现难以下咽；看电视的时候，女人突然觉得了无趣味；辗转反侧终于睡下，在午夜梦回时，恍惚间，她突然感觉一种无可名状的孤独，内心深处竟然有些想念那个高大的身影。

女人不愿承认，这一切是因为男人离开了，她觉得自己到了新的城市，一切都会好起来的。

一晃一个月过去了，女人买好了车票，收拾好行囊，准备明天就去那个遥远的城市。

想起就要离开这个生活了三年多的家，女人心头划过一丝怅然，她突然无比想念起母亲，如果母亲在，不知道会不会同意她的做法。想着想着，她打开了母亲留下的那个小包袱，母亲一生只留下了这个小包袱，里面有一些换洗衣服和母亲在医院的一些生活用品，还有一个破旧的录音机，她鬼使神差地打开了录音机，取出了里面的磁带，她惊奇地发现，录音机卡槽里有一个纸条。

白色的纸条已经发黄了，上面写着她的名字，是母亲的字迹，母亲让她打开那个录音机，里面有母亲想对她说的话，那应当是母亲还能说话的时候录下的。

听着久违的母亲的声音，女人觉得那些话像一柄柄大锤敲打着自己的心，她再也抑制不住，在空旷的房间里大声痛哭起来。

六

第二天一大早，女人坐最早的一班车赶到了男人所在的煤矿，三年来，这是她第一次来到这里，矿井刺鼻的气味让女人皱起了眉头，但她没有离开，就在矿井口等着，过了很久，一群根本看不清面目的矿工缓缓走出了矿井。

女人一眼就认出了男人。

男人看到女人，咧开嘴笑了，黑黑的脸上露出一口雪白的牙齿，女人一头扎进了男人的怀里。

女人哭成了一团泥，渐渐融化在男人怀里。听了母亲的遗言，女人终于知道，在医院初见时，男人刚刚失去了母亲，男人从矿井中赶到医院时甚至没能见母亲最后一面，男人的母亲临死前留下了两个愿望，一是用剩余的钱救治另一位母亲，另一个是希望他能娶一个好女人。

男人母亲和女人母亲在同一间病房里，女人想起自己还曾埋怨过，这同屋的老人已经病入膏肓，她的儿子为什么不守在床前?

当然，这一切其实都不重要了，重要的是，女人在明白真相之后才突然发现，自己已经离不开男人了，她只是在寻找一个留下的理由而已，事实上，正是这场源于亲情的交易给她带来了真正的爱情。

上帝派我来爱你

1953年9月，新婚燕尔的他刚刚度完蜜月，便马不停蹄地赶赴浙江医学院读书。

在学校里，他不是最聪明的学生，却是最勤奋的一个，每次俄文成绩都能拿到满分，他的出色表现引起了身为俄文老师的她的注意。

她的父亲是浙江美院的教授，母亲是法国人，她在北京出生，毕业于浙大中文系，精通法、英、俄和中文，毕业后被浙江医学院聘为俄文老师，举手投足间，身具中法两国血统的她尽显混血儿的美貌和聪慧。

1953年的冬天异常寒冷，因为家里穷，他没有一件能御寒的冬衣，那个飘着雪花的早晨，坐在教室角落里的他冻得瑟瑟发抖，她看在眼里疼在心里，下课后，她悄悄递给他一个布包，他打开一看，里面是一件蓝色毛衣，融融暖意顿时从心头涌起，驱散了无边的寒冷。

爱的种子在这一刻发了芽，然而命运却总是为爱情设置道道难以逾越的坎坷。

有一天，他终于鼓起勇气，把自己已婚的事实告诉了她，她虽然极其痛苦，但仍希望他能跟她一起去法国，可作为一个传统的中国男人，他犹豫了，最后时刻，他在爱情与责任之间选择了后者。

1955年，他所在的卫生系被合并到华西医科大学，他只能随学校去了成都。分别时，她剪下一缕金发，褪下小指上的戒指，一同交给他。

1956 年 4 月，她随父母回到了法国，虽然远隔万里，她仍在祈盼两人能有重逢的一天，可是她却不知道，这一次分别，竟足足过了半个世纪。

一开始，他们仍有书信来往，但“文革”开始后，两人的信全被退回原处，有朋友告诉她，再给他写信会害了他，从此书信中断，鸿影杳杳，两人的情意只能存于内心最深的角落，偶尔拾遗，便是泪流满面。

岁月如流水般匆匆逝去，相隔万里的两人，心里都放不下那个在最美的青春岁月里爱上的人，他每次出差杭州必到她的旧居前徘徊良久，她每个夜里都要手执旧信祷告他一生平安。

岁月嗟叹，两人的青春渐逝，华发初生，火热的情感渐渐沉静如湖。

发妻离世后，他动过寻找她的念头，但一念及遥远的距离和悠久的岁月，便又熄灭了心头的火苗，他害怕打扰她的幸福生活，却不知道，远在法国的她一直未嫁。

人生就是如此奇妙，就在两人都已认命时，促成这段旷世恋情的人出现了。

他的三儿媳得知了公公的这段旷世恋情，她劝公公说：“为什么不再写信给她呢，以前你怕妈妈伤心，现在妈妈都去世十几年了。”

有了亲人的支持与鼓励，他终于行动了，他花了几个晚上，写了相同内容的 5 封信，寄向曾经熟悉的地址。

2010 年 5 月 1 日，他双手颤巍巍地接过了第一封法国的回信，里面是 3 张写得密密麻麻的信纸，夹着一张彩照。他端详着照片上的人，再看看那熟悉的中文笔迹，再也抑制不住潮涌般的泪水。

他不知道，此刻远隔万里的她，已是辗转反侧夜不能寐，每每抚摸他寄去的信笺，总是无语凝噎感慨万千。

她说：“收到他的来信，真的恍若隔世，之后我们重新开始书信往来，有一次我告诉他，我每天会与修女们见面，我打算最后到修女那儿终老。‘终老’这个词让他很心痛，他让我到厦门，跟他团聚。”

2010年9月18日，厦门高崎机场，他捧着55朵玫瑰，他的三个儿子各捧着一束鲜花，在国际到达厅翘首张望。

走向出口的她心情紧张激动，她不断自言自语着：“我第一句话该说什么呢？”话未落音，对面那个五十年未见的他已经将她紧紧地拥入怀中。

9月21日，他俩走进厦门市民政局，办理了结婚登记。

9月26日，儿子儿媳以及孙子们为二老举办了隆重的婚礼。

直到现在，她还觉得像做了一场梦，她说：“我忽然又有了一个家！感觉非常非常好！儿子儿媳们都对我非常好！”

在里昂，中法事务协会献给她80岁生日的《混血儿》一书已经出版。书里记录了她的中国传奇，有她写给他的情书和他的回信。

情书摘选：

她的信：接到你的信我激动万分，认为这是一个奇迹。我倒在上，求上帝给我启示，最后想到了，50多年前上帝叫我来认识你，是要我来爱你的。离别50多年后，再让我们相见也是要我来爱你的。你给我的，我都保留到今天。

他的回信：接到你的来信后，我日夜思念着你，只有默默唱歌，纾解心结。你独身至今，信物也留存至今，请原谅我的负罪感，我们要重生。如果你愿意，来厦后我们可以到民政局办理结婚登记，你来和我们同住，我的儿、媳、孙一定会把你当妈妈、奶奶尊敬的。你是真正爱过我的人，正如我真正爱过你。

她的信：你寄来的照片放在我的书桌上，不论我在做什么，我都会不时过来看看那张照片，你的微笑没变，还是那么甜蜜，你第一次来上课也是这个微笑，虽然50多年没见面，没有聊天，今天通过文字，感觉面前的你还是当年的你。你那封信我看了后，成千成万的音调、诗句、色彩涌上心头，这种美感我以为是不可能再出现在我的余生里。深夜了，我坐着看月亮和星星，我朝天看莫不是想看到你吗？我深知你是真正爱我的人，正如我真正爱你一样。

我一直未嫁，里昂第三大学的学生和同事都不相信我没有人追，可是我跟他们说："我这辈子只有爱过一个人，他一直住在我心里。"

这个人就是写信的人，曾经是她的学生，如今是她的丈夫。

他叫袁迪宝，她叫李丹妮。

少年相见，白首重逢，一幕只有在影视剧中才能出现的凄美爱情在现实中上演了。

2010 年 9 月 26 日，当 82 岁的中国公民袁迪宝和 83 岁的法国公民李丹妮携手走入神圣的婚姻殿堂时，五十余年的隔海相思终于酿成了醇香的美酒，两颗苦恋半个世纪的心终于融为一体再不分离。

青春的夜空有一颗星

一

我在看星星的年纪认识了叶小非，那年叶小非三十岁，我在一家咖啡馆里看到了她，她的双眼涂着厚厚的眼影，一个人占据着咖啡馆正中的一张桌子痛饮狂歌，面前是横七竖八的空酒瓶，她根本不顾及四周注视的目光，完全不知道因为她的存在，让浪漫典雅的咖啡馆里酒气四溢怪异无比。

我就坐在她的邻桌，出于好奇，我一直用余光偷看她，偶尔还会装作不经意地仔细看她一眼，终于有一次，我冷不丁地被她的目光打了一下，那一刻不知为什么，她那双乌黑的眼睛竟然一闪一闪地亮了起来，像极了天空中最闪亮的那颗星星。

叶小非当时虽然已是奔三一族了，但是仍然二得可以，我清楚地记得，她在喝完酒后忘了付钱，然后在付钱之后又忘了找零，最后在找零之后又忘了那是谁的钱，硬是将那一把零钱塞给了我。

当时，她就那么施施然走到了我的面前，对我说："小弟弟，想和我约会吗？"然后就把一把零钱塞进了我的怀里。

我们就这样认识了，之后的日子，叶小非经常会忘记很多事情，可是有一样事情，叶小非忘不了，那就是与我的约会。

叶小非非常喜欢和我约会，她看到我就会哈哈大笑，然后带我去很多地方，我陪她逛过整整一夜超市，陪她在市里最高的楼层天台上数过一夜星星，陪她淋过雨、晒过太阳，最近的一次，我陪她连续看了十遍美国大片《蓝精灵》。

不知道为什么，在叶小非面前我会变得口齿不清，舌头像打了结一样难以控制，常常引得她哈哈大笑，她笑的时候眼睛眯成了一道缝，可是仍然不时有星光闪现，令我惊诧莫名。

从此，我把寻找她眼中的星光当成了与她约会的最大借口。

叶小非和我说话时总是睁大眼睛，她眼里的星星就会不时地蹦出来打我两下，看到我懵懵的样子，她便不顾形象地哈哈大笑，而我，就在这时学会了一成不变的傻笑。

我不知道我与她之间是不是在恋爱，有时候，我会问她这个问题，可她狡黠地眨着眼睛对我说："小弟弟，别对我说爱情，我已经三十岁了，可是如果你要把我当成小妹妹的话，我想我可以考虑你当我的男朋友。"

我真的把她当成了小妹妹，其实她在我面前真的一直都是个小妹妹，永远无法让人放心，经常做出一些疯狂的事情。有一次，我甚至为她跟别人打了一架，那天，在一家歌厅，几个小混混上来调戏她，她出奇愤怒，主动动手扇了对手一记响亮的耳光，然后就和对方厮打在了一起，我奋不顾身地冲了上去，最后的结果是我抱着她被打成了一摊烂泥。

那一次，我第一次看见她哭，我问她痛不痛，她却打了我一拳，钻进了我的怀里，她的泪水瞬间濡湿了我的伤口，让我疼得龇牙咧嘴，她却抬起头来，亲了我一口，那一吻来得如此突然，我甚至来不及闭上眼睛。

那一刻，我正好看到她长长的睫毛上挂着一滴大大的泪珠。

那一年，我十八岁。

二

十九岁那年，我考上了本市的一所大学，相对于高中生活，我对大学生活有了更深的向往，因为母亲曾对我说过，上了大学就允许我谈恋爱了。

我把这个喜讯告诉了叶小非，想让她高兴一下，可她眼里的小星星却在瞬间黯淡了下来，她淡淡地说了一声恭喜，就低下头不再说话了。

我有些郁闷，就托起她的头对她说："难道你不高兴吗？我们可以光明正大地恋爱了。"

听了我的话，她眼睛中的星星一亮，但是很快又熄灭了。

叶小非对我说："你可以恋爱了，但不是和我！因为，你只是我的小弟弟而已。"

我被惊呆了，我吼着对她说："那你为什么要吻我！"

叶小非笑着说："那是因为你是小弟弟，现在你长大了，所以姐姐不会再吻你了。"

那一天，我们再也没有争吵，也再也没有说一句话，分手的时候连声再见也没说，血气方刚的我转身之后就再没看她一眼，只是听到身后隐隐地传来一声叹息。

我在大学里很快成了风云人物，因为我打的一手好篮球，唱的一手好歌，还长着一副明星脸，其实在高中，我就是异性眼中的小正太，只是那时，我还不敢和学校里的女生有什么瓜葛，当然校外的除外，但也只限于叶小非。

或许是因为叶小非伤害了我，所以我特别需要一个人来填补她留下的位置，正是这个时候，陈晓阳走进了我的生活。

我第一眼看到陈晓阳就有眼前一亮的感觉，当时她正在风风火火地走上教学楼，一边上楼梯一边打电话，嘴里说的都是一些极其专业的名词，诸如市盈倍数、詹森指数等，她说得兴高采烈，我却听得一头雾水，我鬼使神差地跟着她爬了五层楼，她终于回头看了我一眼。

我喜欢看女生的眼睛，从她们眼里我能看出一些奇怪的东西，譬如星星，譬如太阳，陈晓阳的眼睛里就有一颗太阳，这颗太阳光彩四射，灼热灿烂，让我感到一股温暖的力量。

后来，我知道了陈晓阳是学金融的，是系里的高材生，校花之一。

接下来的事情变得简单起来，校草追校花，自然是水到渠成，随着离陈晓阳越来越近，她眼中的那颗太阳也变得越来越亮，竟让我有一种灼痛感，但是不知为什么，一直到陈晓阳成为我的女朋友，她眼中的太阳还是无法进入我的内心，那个位置依然冷冷清清。

陈晓阳是个需要人照顾的女孩，她年轻漂亮活力四射，做起事来干脆利索，但是谈恋爱的时候就会变成一个任性的孩子，特别需要照顾，而且蛮不讲理，我和她在一起做得最多的事情不是花前月下，而是吵架，吵了分，分了合，合了再吵，周而复始。

陈晓阳喜欢 K 歌，我们常常去一家名叫蓝精灵的歌厅去唱歌，我与她的争吵也多次在蓝精灵爆发，不知道什么原因，来到这家熟悉的歌厅，我总会感到莫名其妙的烦躁，我想，我是想起了叶小非，想起了她眼里的那些小星星。

有一天，我和陈晓阳在蓝精灵 K 歌，她独自一人唱得正欢，我却坐在一个角落里发起呆来，我想：为什么空寂清寒的星星令我平静，灿烂光明的太阳却让我感到烦躁呢？难道星星能遮住太阳吗？

就在我胡思乱想的时候，我看到包房的门打开了，叶小非向我走来。

三

再次见到叶小非，她长大了许多，但还是不像三十岁的女人，不过和我站在一起，人们都会认为她是我姐姐。

她走到我面前，微笑着说："小弟弟，跟我走。"然后捉住我的手，拉着我走出了歌厅。她的语气是那样熟悉，就像刚刚跟我一起玩过通宵一样，而事实上，我们已经快一年没有见面了。

我甚至没来得及跟陈晓阳打个招呼，只是懵懂地跟着叶小非走上了顶楼的天台，这里就是整个城市最高的地方了，叶小非拉着我坐在地上，然后扳过我的头，猛地吻上了我的嘴。我再次惊骇地睁大眼睛，却发现，叶小非的眼睛紧紧闭着，只有长长的睫毛微微颤动着。

良久，她放开了我，然后缓缓睁开了眼，我惊奇地发现，她的眼里没有了星星，只有一汪深不见底的潭水。

那一夜，我们一句话也没有说，我的手机响了几遍之后就没有了声音，我和叶小非紧紧拥抱着过了一夜。清晨，我醒来后，发现她已经离开了。

在我上衣的口袋里，塞着一封信。

信中藏着真相，原来我的父母发现了我和叶小非之间的事情，他们找到了她，然后我的初恋就结束了。在信中，叶小非告诉我，她今天就会离开这座城市，并且不会再回来了，在信的最后，她还告诉了我一个惊人的秘密，她其实跟我在同一所大学，是在读博士生，遇到我的那天，她刚刚和初恋男友分了手，开始时，只是想作一场"社会实践活动"，却不料竟渐渐地无法把握活动的方向了。

或许，这是最好的结局了。回到家，我把信给母亲看，她看了以后抛下了这样一句话。

陈晓阳跟我分手了，当那天晚上我不接她的电话后，她就决定不跟我交往了，她的身后不缺追随者，我不过是其中跑得比较快的一个而已。

但对于叶小非来说，无论我跑得快与慢，她都会与我同行。在看星星的年纪，看到了星星，那就是最幸福的事情，虽然青春像流星一样短暂易逝，但因为曾经真诚的付出，我们都得到了一种恩赐，那种爱，虽然朦胧难懂，但却刻骨铭心。

握紧那一刻的痛

十九岁那年，我上大一，是学校里的风云人物，足球水平首屈一指，文学功夫更是独领风骚，文武双全，自然免不了吸引众人的目光。

事实上，在光环笼罩下的我，内心深处隐藏着一个大秘密。远离家乡，没有人知道我出身于单亲家庭，由于从小缺失了母爱，对于异性，我有着无端的排斥。

同学们来自五湖四海，从陌生到熟悉，各自汇入一个个小圈子。我的情形则有些特别，在足球场上激情四射，但球场下却很少与人交流，我喜欢捧着一本书静静地看，或者手执一支笔沙沙地写，在一众好奇的青年学生看来，我渐渐具有了某种传奇人物的味道。

众星拱月的感觉令少年心性的我沾沾自喜，但我却表现高冷，特别是在异性面前，我不曾意识到，在那个青涩的年代，我的伪装更像是一种本能的自我保护。

正是在此时，铭兰走入了我的视线。那天在学校图书馆，当我选好书准备办理借阅手续时，突然发现管理图书馆的老大爷变成了一个留着齐耳短发的清爽女生，看到我准备借阅的书，她笑了，轻轻合起书桌上正在看的书，竟然与我要借的是同一本书。

她对我说，这本书，图书馆里只有两本。

同样，校园里像我们这样的人也只有两个。

铭兰同我遇到的所有女性同学都不同，她就像春日的阳光般温暖和煦，我罕见地没有排斥她，通过一段时间相处，我发现，我看过的每一本书她都看过，而且都有着深刻的见解，我渐渐喜欢与她交谈，当铭兰在我面前呵气如兰侃侃而谈时，我的心动了。

校园里很快传开了我与铭兰的事情，关于我们的传言我表面上漠不关心，私下里却对每一次风吹草动都极其关注，不知道为什么，我时常有一种担惊受怕的感觉。

铭兰成了我的初恋，虽然从未海誓山盟谈婚论嫁，甚至从未提过爱这个字，但我和她都在心中默认了这一点，如果生活就这样波澜不惊地继续下去，或许我们的感情会开花结果。但在大四那年，父亲突然来到学校，他还带来了我从未见过的继母，我和父亲大吵起来，隐藏了三年的秘密终于暴露无遗。

由于内心的敏感，这次事件的负面影响被放大了，我更加减少了与其他人的交流，青春期的叛逆令我沉迷在自己的世界，渐渐游离于群体之外。

铭兰从未与我谈起此事，她似乎并不关心，但我却患得患失，我们之间的气氛渐渐沉闷起来。就在此时，另一个人进入了铭兰的生活。

在校园北门，我简单地和铭兰道了别，当恍恍惚惚回到宿舍时，我突然发现，手上多了一道红红的血痕，仔细一看，一根细细的长发竟紧紧缠在了手上，那一刻，我的心疼了。

后来的日子，我一度浑浑噩噩，关键时刻，父亲、继母和母亲一同来到了学校，为了我，他们克服了尴尬，齐心协力帮我走出困境，并顺利大学毕业，通过这段时间的相处，我也终于理解了他们，但是此刻，铭兰已去了别的城市。

十年后的同学聚会上，我遇到了那个导致我和铭兰分手的人，他告诉我，其实铭兰也生长在单亲家庭，她跟着父亲生活，上高中时父亲去世了，后来就跟着爷爷，铭兰的爷爷就是大学的图书管理员，虽然生活在残缺的家庭，但铭兰并不恨自己的父母，甚至还很理解他们，铭兰觉得为人子女不能只顾自己的幸福，父母可以包容孩子，孩子同样也要理解父母。

我终于明白，那个男生只是一个借口而已，铭兰是真的对我失望了，我也明白了那根头发的来源，那是铭兰放在我手心里的，她是要我铭记住那一刻的痛，用初恋的痛苦来警醒陷入困境的人生。

扛住婚姻的高压线

她是个完美主义者，结婚以后，激情过后的平淡让她心生不满，一点点琐碎的小事都会令她怨气冲天，于是她开始抱怨丈夫，久而久之竟形成了习惯，每天如果不抱怨丈夫几回，心里就会觉得少了点什么，随着年纪的增大，她的抱怨越来越变本加厉，越来越没有道理。

奇怪的是，丈夫从来没有反抗过她的抱怨，甚至连一句争辩都没有，而恰恰是这种忍让，却激起了她更大的怒火，渐渐地，她的抱怨中频繁出现了这样的话，真没见过你这样的男人，你还是男人吗？泥人还有个土性，你倒好，半点脾气都没有，一句话不说连个屁都不敢放，长这么五大三粗的为什么不去当电线杆子？

时间在她的抱怨中渐行渐远，有一天她和丈夫一起去买菜，她习惯性地一面走一面不停抱怨，他也习惯性地沉默不语，不料，在走到一个路口的时候，丈夫突然大叫一声用尽全身力气把她推倒在地，她瞬间成了滚地葫芦，盛夏时节衣着单薄，她身体各处顿时火辣辣地挂满了伤痕，她怒火中烧地站起身来，一连串的咒骂正要脱口而出，一看面前的情景，顿时变得呆若木鸡。

只见丈夫身上挂着一根嗞嗞作响闪着火花的高压电线，浑身抽搐着，脸颊已变得焦炭一般黑，她尖叫一声，用菜篮子拨开了电线，身材瘦小的她竟然一把抱起了高她一头的丈夫，疯了一般拦下一辆出租车，向医院的方向飞奔。

狭窄的出租车里，她抱着他不停呼唤，突然，她听到了一个微弱的声音："你说对了，我心甘情愿当这根电线杆，因为高压线下有你。"

她再也忍耐不住，放声大哭起来，她终于明白，原来他并非没有脾气，也并非心甘情愿当她的出气筒，他是为了让他们的婚姻不触碰高压线，这么多年来，他一直都在当那根承受着电流烧蚀的电线杆。

寂寞山庄的爱情

两个月前，我居住的楼区搬来一对老夫妻，令我意外的是，他们竟然选择住在最顶层，每天两人互相搀扶步履蹒跚一步一步上楼下楼的情景一次次出现在我的面前，有时我会与他们走个对面，两位老人会立即停下脚步，然后微笑着为我让出一条路。

这对老夫妻让我心生好奇，因为，这栋楼每个楼层的价格相差无几，而且为了体现对老人的关爱，对于老人选择低层居住的还有一定优惠，房源也并不紧张，他们为什么要选择最高层居住呢？

带着疑问，我敲响了老人的家门，门打开后，老先生一脸微笑地站在我的面前，我却被他身后的情景惊奇得睁大了双眼，只见对面的墙上竟然有一张大大的3D画，那是一座山庄，朱红色的大门敞开着，甚至可以依稀看到院内的芳草与茶座。

看到我的表情，老先生早已见怪不怪，他笑着说："请进请进，让您见笑了。"

我走进室内，里面的情景让我更加目瞪口呆，只见在这套三室两厅的房间里，竟然到处都镶嵌了各式各样的3D画，有鲜花烂漫的山坡，有波澜不兴的大海，有静谧安宁的星空，更令我惊奇的是，居然还有一间朴素简单的教室，里面有一男一女两个学生正在学习。所有的画面都有着逼真无比的效果，让我置于其中，仿佛穿越了时光与空间，进入了一个无法想象的世界。

此时，穿着一身唐装的老太太走了过来，她为我倒上一杯茶，轻声说："请坐，请坐，是我们不对啊，当了这么长时间邻居，也没请您来家里坐坐。"

我醒了醒神，说："叔叔阿姨，这些真的是画吗？画得也太逼真了。"

老先生笑着说："过奖了过奖了，这都是我闲着没事涂鸦出来的东西，唉，画了一辈子画，老了才发现还有这种新奇的画法，我学了三年多了，画得不好您还得多指正啊。"

听了老先生的话，我才恍然大悟，怪不得这位老先生总是像春风拂面不徐不疾的，原来是一位老画家。

我说："老先生，您太谦虚了，我一点恭维的意思也没有，确实画得太棒了，我还是第一次在现实中见到这种 3D 立体画呢。"

老太太也笑了，对我说："您别夸他了，你是不知道啊，为了画画，他从年轻时就跟个疯子似的，画了无数幅所谓的好画，可就是没给我画过，老了以后，我开个玩笑说你如果真能画的话，我希望你把咱们最美的那些时光都画出来吧，这老头子画了又画，可总是感觉那画缺少点生气，后来偶然见到了这种 3D 立体画，他这古稀之年的老头子硬是要学，没办法啊，我只能陪着他了。为了让他更安静地学画画，就挑了这最高的一栋楼，让他能清静一点，也方便他看得更远观察得更仔细，不过这上楼下楼的可真麻烦呢。"

我恍然大悟，怪不得这老两口选了最高层居住，原来如此。

老先生轻轻地说："这老太婆跟我一辈子可受了苦了，年轻时我为了画画非拉着刚刚怀孕的她登山，结果出了意外，孩子没了，她这一辈子也生不了了，现在老了，还要她陪我爬这高楼……她知道我爱清静，喜欢登高望远，所以背着我选了这最高层，买楼时我还不会画 3D 画呢，所以啊，我就想一定要画好，把这家变成她最喜欢的山庄模样。她说这里是寂寞山庄，因为只有老两口，一晃都结婚50年了，可我觉得啊，跟她在一起，我一点也不寂寞。”

说着说着，老太太和老先生的手紧紧地握在了一起，我这个平日里唠叨不休的人，听着他们的故事居然一句话也说不出来了，怔了半晌，才发现眼角早已润湿了一片。

这寂寞山庄里，哪里有半点寂寞，分明是盈满了爱情与诗句，沉淀着时光和美好，升华着誓言与平凡，是如此的温暖动人，隽永芬芳。

邮箱中的爱情

楼下张老太独自生活了十多年，眼看人近古稀，最近突然有了一位穿着花衬衫的老先生伴随左右，这位老先生头发花白，精神矍铄，腰杆挺得笔直，身上的衣服更是一尘不染，每次两人出门，或是十指紧扣，或是张老太挽着老先生的胳膊，彼此有说有笑，旁若无人，却引来了众人纷纷侧目。

我是了解这位张老太的过往的，她生于新中国成立前，从湖北来到山东，嫁给了一位工程师，育有一子一女，十多年前老伴去世后拒绝了儿女照顾，选择独自生活，她每天独自买菜做饭，见到路人总是微笑点头，谁家有点红白喜事，张老太也总是主动上门，提供力所能及的帮助。

在大家的印象中，张老太只是一个普通的独居老人，但我却注意到了一点不同，她家的门口有一个绿色邮箱，不同于其他人家邮箱的锈迹斑斑或是贴满各色的小广告，十多年时光，这个邮箱始终光洁如新，盎然的绿意显得生机勃勃，显然张老太每天都在精心擦拭。

起初，我以为这只是张老太爱干净的缘故，可这位老先生出现之后，我才意识到这个绿色邮箱是有故事的，因为在这位老先生来到之后，张老太门前用了十多年的邮箱已悄悄换成了新的。

那一天，我到张老太家还东西，进了她的家门，一番客套寒暄之后，这位穿着花衬衫的刘老先生操着一口软绵绵的台湾话，告诉了我他与张老太之间的故事。

原来，刘老先生与张老太是青梅竹马，在同一家私塾上学，彼此间也相互倾慕，从小两家就定下了娃娃亲，但因为时逢乱世身不由己，在刘老先生十八岁那年，一场突如其来的变故让他远走台湾，豆蔻年华的张老太则留在了大陆，从此天各一方，而这一别竟然足足有三十多年音讯全无，其间两人虽然从未放弃寻找对方，但因为种种原因总是一无所获，一直到十多年前，一封来自台湾的信才让这段记忆重新浮出水面。只是此时，两人都已有了各自的家庭，于是两人相约，若老伴仍在，便绝不相见，此后两人便只借助书信来往，而相隔万里的两只邮箱也成了两位老人精神与情感的慰藉。

当了解到张老太家的邮箱是绿色之后，刘老先生也把自家邮箱由红色改成了绿色，如今，刘老先生也把那只一尘不染的绿色邮箱带来了大陆，与张老太摘下的邮箱一起放在了床头最醒目的位置。

十二年前，张老太先送走了先生，半年前，刘老先生也送别了亡妻，在料理完台湾的事务之后，刘老先生便飞来了大陆，此时，两人已经有足足五十一年没有见面了。

令我惊奇的是，刘老先生与张老太谈起五十多年前的往事竟然历历在目，连乡间的水牛、稻田、水车都记得清清楚楚，刘老先生一时兴起，还背起了当年私塾中学到的弟子规，最后，刘老先生拿出了他从台湾带来的绿色邮箱，轻轻打开，里面是满满的纸信，他告诉我，这些年里，他收到了一百七十九封信，寄出了二百零八封信，这里面有一百七十九封信，张老太的邮箱里则有二百零八封，一封不少。

刘老先生谈锋甚健，高兴时眉飞色舞，而张老太则微笑不语，只是默默看着他，偶尔还会闭上眼睛，似乎是在回味刘老先生所说的话。

从张老太家告辞而出，我的心中已是满满的感动，或许，这不是世间最壮烈与美丽的爱情，它默默萌发，轻轻拔节，直至开花结果，都不曾发出半分声响，但这份爱却孕育在漫长时光的微尘之中，从未消失过，更因为爱之真切，竟不曾因岁月流逝而消减一丝丰盈，就像那装满信笺的邮箱的勃勃绿意，是如此的动人而芬芳。

爱上一盏灯

不夜城里，一个女人爱上了一盏灯。

在这个没有日夜之分的地方，一盏灯没有存在的意义，恰如在一个缺失爱的家庭，一个女人没有存在的意义。但是，当一个缺失存在感的女人拥有了一盏同样没有存在意义的灯，一些莫名的火花便开始碰撞与迸发出来。

那一天，女人无比渴望着黑夜来临，为此，她拉上所有的窗帘，甚至闭上了眼睛堵住了耳朵，但是，内心的光怪陆离却根本没有须臾停歇，躁乱与孤独甚至闯入了她终于入睡的梦中，让她一身冷汗地醒来，再也无法入眠。

就是在那时，一盏灯闯入了她的视线，古旧的灯身蒙着厚厚的尘土，悄悄地躲藏在床铺下的一角，她小心翼翼地取出它，轻轻擦拭，很快古旧的色彩呈现在灯身上，这居然是一盏早已成为历史的煤油灯。

油灯的灯芯仍在，灯油也有残余，女人轻轻擦亮一根火柴，慢慢地靠近油灯，它居然亮了起来，小小的火苗闪烁着红红的光，无风也摇曳不停，仿佛一杯艳丽神秘的鸡尾酒。

那一瞬间，女人竟然平静了下来。她想起，这盏油灯是他送给自己的礼物，那时的他刚刚从农村考入大学，在大学校园里遇到了在城市中长大的她，他说这盏灯是他在贫穷的家中奋斗学习的见证，也将是他追求爱情坚守承诺的见证。

她想起那时的他青涩朴实的样子，嘴角竟渐渐有了笑意，可是想起如今冷硬顽固的他，笑意便又凝固在了嘴角。

婚后的日子里，她才知道嫁给一个农村孩子的不易，她的干净洁癖在侍弄土地的公公婆婆面前成了娇贵与做作，她的娇气任性在要强的丈夫面前成了脆弱与矫情，激情不再的生活平淡得如同一杯白开水，让浪漫小资的她再也无法忍受，争吵与不解让彼此的裂痕变得越来越大，即使孩子的降生也无济于事。终于有一天，爱情彻底消失，取而代之的是无边的浮躁与孤独。

如果没有看到这盏灯，她也许很快就会选择离婚，年幼的孩子将失去父亲或母亲，她将成为贬值的二手女人，找到二手幸福的概率小得可怜，也许一生就会在忐忑不安与追悔莫及中度过了。

但看着这盏灯，她终于一点一点看清了自己曾走过的弯路，发现了那些堆砌如山的冰冷竟然几乎都是由误会造成，而且眼看一个巨大的错误也即将铸成。在庆幸之余，她终于低下了倔强的头。

平淡的生活已不可更改，她选择了平淡中的油盐酱醋，正视了婚后七年所拥有的生活。

只是偶尔当有烦躁袭来时，她就会取出这盏油灯，小心翼翼地点亮它，看着火苗一摇一摆，将记忆中的情景一一呈现，默默梳理着散乱的思绪，直到它重新归于平静。

她不知道的是，在她与油灯相处的时候，有一束柔和的目光正从不远处传来，那是她的丈夫，一个拙于言辞的男人。

那一天，正是他将落满尘土的油灯取出，悄悄地放在了她噩梦醒来后的午夜，唤醒了那些渐趋破碎的回忆，让她从纷繁的不夜城中抽身而出，再一次品尝到了爱的滋味，爱上了一盏小小的油灯。

影子的疼痛也很沉重

一

十五岁那年秋天，他成了孤儿。那天中午，他独自一人走出医院，迎面的长街上人声喧哗车流不息，头顶的阳光温暖和煦灿烂夺目，他却只感到一阵阵刺骨的冰冷，相依为命的母亲已去了另一个世界，身为遗腹子的他从此注定要与孤独为伴。

在家门口，他看到了那个小小的影子，她是他的邻居，比他小两岁，但是自从十年前他家从农村搬到县城，三岁的她就一直跟在五岁的他身后。这些年，他早已习惯了她的沉默相随，影子是他给她起的绰号，她真的就像是他的影子，沉默而执着，不引人注目，但是一直都悄悄存在着。

以往的日子里，看到她，他会微笑着对她点点头，然后带着她四处游荡，去那个大广场上荡秋千，去那个小书店里看书，有时还会带着她一起去吃一碗麻辣烫。

但是今天，他的眼神空洞无比，根本无法聚焦在一个可有可无的影子上面。影子默默地看着他打开门，走进屋子，然后“砰”的一声关上了门，影子把脸贴在门上，听到里面传来了撕心裂肺般的哭声。

影子的大眼睛里突然闪动起一抹水花，她捂着脸，默默地离开了。

二

接下来的日子，他顺理成章地退了学，在一片茫然中继续着自己的生命。很快，家里的粮食吃光了，钱也花光了，他开始在街上四处逡巡，在饭馆里吃剩饭，在公共洗手间喝自来水，他变得衣衫褴褛，一脸污垢，眼神更加晦暗迷茫。他漫无目的地流浪着，满大街都是陌生的面孔，但是他却没注意到，在他身后的角落里，一直有一道目光悄然跟随，那是他的影子，一个穿着蓝色碎花衣服的小女孩。

小女孩似乎从不着急，她只是默默跟随着他，有时她也会偶尔现身，帮他收拾一些饭馆中的剩菜剩饭，走到他面前为他擦擦脸上的泥污，但是他几乎对她视而不见。是的，谁会在乎一个影子呢？

他的生活虽然苦涩，但仍然平静。谁也没有注意到，他的颌下渐渐有了胡茬堆积，他的目光从迷茫渐渐变得有些凌厉，他的心中开始思考一个危险的问题：为什么，为什么这一切要降临在我的身上，生命这东西如果如此不公，根本就不值得珍惜！

所有人都无视他的变化，只有一个人发现了这一切，那是他的影子。看到他日渐凌厉的眼神，影子打了个寒战，眼神中出现了一抹与实际年龄不符的复杂，里面有一丝迷茫，一丝焦躁，还有一丝温情。

三

他变了。从第一次在一家面包店偷走一袋面包开始，他的胆子变得越来越大，饿了不再到饭馆吃剩饭，而是偷，被人发现了就跑，跑不过就打，他狠得像一头狼，很快，周围的人们都知道了这个孩子是个亡命之徒。

他的身边开始有人聚集，那是些他从前一直避之不及的流氓地痞，那些人看到狼一样凶狠的他，纷纷带着一脸笑容来到了他的面前。影子远远地看到了这一切，心中焦急无比。

他不再偷了，因为他需要什么就会有人送过来，作为交换，他经常会拿着砍刀去参加斗殴，他的穿着光鲜了许多，人也胖了不少，但是眼中的戾气却越来越浓烈了，他似乎乐此不疲，似乎只有这样，他才能发泄出心中的不满。这一切，都被暗中的影子看得清清楚楚。

终于有一天，影子走到了他的面前，那时他正带领一些人准备去打打杀杀，影子突然从角落中跑了出来，她勇敢地跑到他的面前，伸出细嫩如柳的双手挡在了他的面前，影子的大眼睛里满是泪光，让他不由心中一颤，但是很快，他的眼神再次迷茫起来，对面前的影子渐渐熟视无睹。

这时，他身后的一个小痞子冲上前来，要拖走挡在路中间的影子，就在小痞子的双手触碰到影子身体的瞬间，他突然暴怒，一脚踹倒那个小痞子，然后像疯了一样狠狠地厮打起来。

那天，影子一直拦在他的面前，没有人敢再去动这个小女孩。斗殴被阻止了，但是一个星期之后，他被警察抓走了，最终被判了七年徒刑。

四

在监狱里，他依然是孤独的，像一台机器一样机械而木然，有时，他会突然回头，看看自己究竟还有没有影子。阳光下，他的身后有一团黑色的影子，但是，那影子和他一样机械而麻木。

他绝望了，那个小影子再也不会出现在他面前了。那一天，他被影子阻止之后，那些曾经挂满笑容来找他的人变得冷漠无比，他们给了他一笔钱，然后就消失了，过了没几天，他就被抓了起来。

监狱的生活平淡乏味，他常常在一个人的时候悄悄想起一些往事，想着想着，就会变得心硬如铁。他告诉自己，生活在哪里都是一样的，没有人能改变我的孤独。

五

一年过去了，他心中的影子渐渐地变淡了，与之一同消逝的还有对于生活的向往，他成了狱中的刺头，被加了三年刑，但他并不在乎。

就在这时，影子来到了监狱。当他看到影子与她的母亲站在与他一墙之隔的地方，他的眼睛一亮，但紧接着又黯淡了下去。

影子的母亲对他说，他入狱之后，影子非常伤心，大病了一场，病刚刚好，就要来看他，影子希望他出去之后能到影子家去住。

影子看着他，大大的眼睛里满是眼泪，她举起一张大大的纸给他看，那是一幅画，画中有一个小男孩带着一个小女孩，两个人蹦蹦跳跳，形影不离。

他看着她，眼睛渐渐模糊了起来，冰冷的铁窗在那一刻轰然崩塌，一些往事如光如电，将他久违的泪水再次唤醒。他明白了，影子想再给他一个家。

他重新燃起了生的希望，那一刻，他终于意识到，自己并不是孤独的，他还有一个不离不弃的影子，这个影子会为他而疼痛，那种疼痛，本就是属于他的，而影子替他承受了这么多，他也该为影子做些什么的。

他想起那件令他一生悔恨的事，那是他与影子之间永远的秘密。

在三岁那年，影子跟随他到一家工厂玩时，因为误食了化学药剂，永远失去了说话的权利。他一直无法面对影子，因为那瓶药剂，正是他发现之后误给她喝下的。

这是一个真实的故事，当故事的主角向我倾诉这一切时，他身边那个沉默的中年妇女一直用大大的眼睛看着他，虽然历经人世沧桑，但我还是觉得，她的眼睛清澈得令人难以置信，我相信，这清澈的背后必然背负着如一汪湖水般沉重的疼痛，正是这沉重的疼痛，成就了人世间最朴素的爱情，并拯救了一个人的一生。

爱上同一个未来

爱情是什么？古往今来，这个问题有着无数的答案。山盟海誓白首偕老，柴米油盐平淡无奇，爱情的形式不一而足，但我想，真正的爱情其实是很简单的，那就是两双眼睛看着同一个未来，两颗心灵爱上同一个未来。

同学小李爱得轰轰烈烈，为了女朋友可以上刀山下火海，只要是女朋友说一句话，立刻奉为圣旨，纵是天上的星星也要想尽办法摘下来。两人热恋之时，一日不见如隔三秋，似乎分分秒秒都充溢着爱意，但是这份轰轰烈烈的爱情只维持了不到一年便烟消云散了。每次见到同学小李，他都会长吁短叹，却不知自己究竟错在哪里。

后来，直到我偶尔遇见小李的前女友才知道，原来她觉得与小李在一起没有安全感，没有那种可以依靠终生的信心。我恍然大悟，他们分手的原因竟是小李爱得太盲目，两人没有爱上同一个未来，小李虽然总是将爱挂在嘴边，却不知道如何让这份爱保存得长久，没有认清爱情的本质。

其实，爱情虽然可以让人飞上天际，最终还是要落回大地的，没有大地的厚实与包容，这爱情就会像天上的白云一般，虽然美丽却不会长久，相互碰撞还会电闪雷鸣。

另一位朋友老张的经历又恰恰相反，想当年，老张追妻之事堪称大学中的传奇，以老张的其貌不扬和成绩平平，竟然把全校公认最美的校花追到了手。记得当年的老张从没有海誓山盟花前月下，只是每天食堂吃饭前早早排队，为校花打上她最爱吃的饭菜；每天下了晚自习，总是悄悄护送校花走过那段黑暗崎岖的小路；校花有个头疼感冒，老张总会第一时间出现，及时的药品与暖心的问候竟让校花渐渐离不开了这个普通的男孩。毕业后，两个人是大学同学中第一对结婚的，直到如今依然和美如初。老张在妻子的支持下，在事业上暗暗发力，现在已是一家大型国企的高层领导，而当年万众瞩目的校花不仅没有失去光彩，反而更加知性、更加温婉，将一份初恋的甜美演绎出了更多的精彩。

朋友的故事让我明白了爱情的真谛，原来爱情是两个人的事情，是绵延一生地携手同行，是同心协力地面对未知，试想一下，如果两个人没有爱上同一个未来，又何来幸福与信心可言呢？

爱情一直在原地

她时常感叹在婚后缺失了激情，生活变得淡如一杯白开水，那份曾经火热的爱情早已消失和无影无踪了。

她和他开始不停地争吵，为了一点鸡毛蒜皮的小事，两个人会冷战一个月不说话。渐渐地，她对婚姻失望了，决定越过婚姻，寻找一种真正隽永的爱情。

她离开了家，一次偶然中，她遇上了另一个他，一个不一样的他，风趣诙谐，充满着激情与刺激，他会带她到摩天大楼的楼顶相拥看一夜星星，他会带她到风急浪大的大海中的孤岛去探险，他会每天唱不同的歌给她听，他会作不同的诗送给她，他让她一刻也不会感到腻烦。

三个月后，她决定结束旧的婚姻，与他开始新的生活，当她满怀柔情告诉他自己的决定时，他沉默了许久，他说，他是不婚主义者，他爱她，但更爱她给他的自由。

她受伤了，回到了久违的家中，意外地发现了原来的他，看样子，原来的他一直没有离开过家，看到她回来，他没有说话，似乎还沉浸在两人冷战的状态之中。

两个人各忙各的，但是他做了饭仍会送一份给她，她也渐渐发现了一些不一样的地方：她一直都有睡觉踢被子的习惯，因为这个习惯，在她离开家的这段日子里，她曾经多次着凉感冒，但回到家中一个月，她竟然一次也没有着凉；她不会做饭，离家后一直叫外卖或者去饭馆吃，结果得了胃病，但回家两个月后，虚弱的肠胃竟然被调养好了；她还发现，每天早上暖瓶里都有满满的热水，每天晚上卧室里都有一股淡淡的清香，那是他为她养的一株仙客来散发出的香味。

她渐渐地悟到了什么，她看到他在家中忙碌，她会感到一份安然和惬意。

她主动结束了冷战，重新投入了他的怀抱。

她问他，为什么这些曾经让她备感无聊的生活如今却让她甘之若饴。他笑了笑说，因为你并不明白爱情究竟在哪里，爱情其实一直都在原地，你却把目光放在了未来。

友情篇

流星能飞多久

在浮华的人世中行走，随着阅历渐长，友情会变得更为稀缺，像流星一样划过，看似绚烂，却实则空虚。因此，我们会更加怀念那些纯真如诗的年代里，那些白纸一般纯洁溪流一般清澈的友情。如果说，友情有着流星的炫美与灿烂，那么这颗流星能飞多久呢？或许，这个答案需要我们用一生去追寻。

流星能飞多久

青春岁月里，我对星空有一种莫名的依恋，每当白日的浮华散尽，我一个人或在阳台，或在屋顶，或在拐角的街头，或在无人的广场，举目仰视着满天闪烁的星辰，内心深处总是充满了对于美好人生的憧憬，偶尔我会见到一些划过夜幕的流星，它们仿佛一缕惊鸿般的目光，在我眼底点燃一份短暂的灿烂，也让那一刻变得刻骨难忘。

十七岁那年，在一所北方的小县城读高中，那是我最迷恋星辰的岁月，在一个雪后的夜晚，我独自伫立无人的街头，沉浸在面对星空的孤独幻想中。突然，一个声音响起：“你好，你是在看流星吗？”

我愕然望去，是高中的同班同学梅奕。

梅奕是个很普通的女孩，留着齐耳短发，额前是弯弯的刘海儿，她正踏在一片泛白的积雪上，小脸冻得通红，仿佛一只熟透的苹果。

“流星？好像每天晚上都能看到一两颗。”我有点心不在焉地说。

“电视上说了，今天晚上会有狮子座流星雨，白天还下着那么大的雪，我还以为看不到了，没想到，天一黑，星星们就都出来了。”

我点点头，把视线转移到了星空，我并不知道今晚有流星雨，但听了梅奕的话，心中也情不自禁有了一份期待。

不知道过了多久，流星雨仍未出现，梅奕突然说：“你觉不觉得，星星好像是刚从水里捞出来一样，那么干净晶莹，好像都能滴出水来。”

我眼前一亮，这真是绝妙的比喻，我禁不住对这个平凡的女孩刮目相看。

“除了星星，我还喜欢晚霞，我觉得，晚霞是天上的神仙烧出来的，而星星就是他们从水中捞出来的。”

梅奕的话让我一阵惊喜，我终于发现了一个与我一样富于幻想的人。

我刚想说话，突然一抹光亮闪过我的双眼，举目望去，竟是一颗极大的流星划过了天空，很快，三三两两的流星划过天空，流星雨终于开始了，我很快沉浸在这异样的美丽之中。

“流星真美！可是，流星能飞多久呢？”身边的梅奕喃喃自语着。

“流星的生命虽然短暂，但它毕竟灿烂地绽放过，如果让我选择，我会做一颗流星。”我无比坚定地说。

“如果让我选，我还是想做一颗安静的小星星。”梅奕安静地说。

那一晚的流星足有上百颗，是我有生以来见到流星最多的夜晚，我在街道上站了一晚，出乎我意料的是，梅奕竟然也陪我站了一晚。

这一晚，我们说了很多话，我发现，梅奕也生活在一个单亲家庭，和我一样。

高中的最后两年，梅奕经常会和我一起看星星，懵懂的青春岁月便这样度过，我们之间没有发生什么故事，平凡的梅奕没有让我心动，我们彼此保持着淡淡的友谊。毕业后，我俩各自考上一所外地的大学，相隔千里。

大学期间，我渐渐失去了看星星的兴趣，初次离家，在新奇的大城市里，我再也静不下心了，我喜欢上城市的华丽，也暗恋上一个来自城市的女同学，我立志留在这里并为此而努力，梅奕有时会给我来信，而我的回信总是很少，渐渐地，我失去了与她的联系。

再见梅奕已经是六年之后，我回县城过年，午夜的新年钟声敲响后，我走出家门，在不绝于耳的鞭炮声中，我看到了伫立街角的梅奕，她正仰望着深蓝色的星空，仿佛能感觉到我的出现，她回过头来对我微微一笑，那一瞬间我有一种错觉，仿佛那长长的六年只是短短的一瞬。

很快我就低下了头，在城市里，我没有赢得那个女孩的心，反而四处碰壁额头烂额，我正面临着选择，是继续留在城市还是回到这个宁静的小县城。

梅奕好像知道我的心事，她轻轻地说："你知道吗？流星就是一块石头，经过火热的灿烂后，它并不是消失了，而是从天空回归了大地，因为大地才是他的故乡。"

我抬起头，发现梅奕正在仰望星空，顺着她的目光望去，只见满天繁星静谧无声，仿佛六年前一般隽永深邃，刹那间，我心中已经有了决定。

像男子汉一样活着

春运时节，列车车厢内人满为患，四周烟雾缭绕，不时有掺杂着汗臭及腐烂食物的气味袭来，我坐在靠窗的座位上一阵阵心烦意乱，虽然环境恶劣，但我并不后悔自己的决定。

对面那个一身工服的年轻民工突然发出一阵惊天动地的鼾声，我吓了一跳，厌恶地看了他一眼，突然发现他敞开的衣领深处露出了一丝白嫩，我心中一动，这可不像一个整天在烈日下暴晒的民工，好奇心驱使我观察起他来，我发现，他的双手粗糙无比，可指甲缝里却没有一丝污泥，淡蓝色的工服没有发出任何汗臭反而隐隐传来皂角的香味，他的脸膛黝黑，掩饰不住一丝稚气，却又多出了一份不该有的淡定。

他突然睁开了双眼，我不禁一阵慌乱，连忙把目光移开，就在目光交接的一瞬间，我发现他的目光清澈明亮。

他开口了，竟然是字正腔圆的普通话，同学你好，请问现在几点了。

我强作镇定回答了他的问题后，终于掩饰不住心中的好奇，同他攀谈起来。

事实印证了我的猜测，他竟然是个在校大学生，家在遥远的南方农村，去年遭了水灾，父母都在洪水中去世了，只留下了上高中的妹妹，失去经济来源，他只得半工半读，城市里体面工作不好找而且会影响学业，他只好加入民工行列，每天晚上在一些赶工期的楼盘做夜工。

他说他的妹妹跟我差不多大，平时上学要翻十多里山路，双脚经常磨出血泡，可妹妹的成绩非常好，他打工挣的钱除了自己用，都攒着给妹妹将来上大学。

他的语气平淡从容，仿佛在讲别人的故事，我却听得惊心动魄，我从未想到一个人命运如此多舛，还依然能够坚强面对，想起自己离家出走的原因，我不禁一阵羞愧。

他说，同学，你在上高中吧。

我点点头，嗯，高三。

他说，再有几个月就要高考了，准备得怎么样了？

我面红耳赤说不出话来，在这个叛逆的年纪，我迷上了上网、泡吧、K歌，学业早已一塌糊涂，在与父母大吵一架之后，我偷了家里的钱愤然离家，踏上了这列南下的列车。

见我不说话，他若有所思，我一时手足无措，为了掩饰内心的不安，我假装镇定地站起来说，我去一下洗手间。

很快我就后悔了，车厢里人太多了，过道里都挤满了人，每走一步都难如登天。很快，我被夹在了半路，进退两难，我一遍遍地说，请让一下请让一下，可我的声音有气无力，过道中堆积的人群根本就懒得理我，我忍不住眼圈发红，以前的日子有父母依靠，我从未觉得有什么困难，可这一次独自离家，仅仅上个厕所，我就已深感自己的无能为力了。

突然，一只有力的大手搭在了我的肩膀，与此同时，一个熟悉的声音响起了，跟我来。

泪眼模糊中，我跟着他穿过人流，他边走边说，你一个女孩，在火车上最好不要乱走，我还以为有人陪着你呢，你父母也是，春运期间，怎么放心让你一个人出远门呢？

他在前面开路，我注意到，他走路时一瘸一拐似乎腿上有伤，虽然在努力掩饰，可脸上还是冒出了黄豆大的汗珠。

上完厕所，他又带着我一路披荆斩棘地回到座位，刚一坐下，他就取出一条旧毛巾不停地擦汗，嘴里不住口地说车厢里太热了。

我不说话，只是一个劲盯着他的腿，他的左腿小腿部位明显是有夹板之类的东西，见被我发现，他叹了口气，说，干活的时候砸着了，市里医院收费太高，我想回家里做手术。

我问，不怕耽误了吗？

他笑了笑说，已经耽误了，医生说这条腿保不住了。

我突然明白了一切，他根本不是放假回家，他一定是退了学，准备回家做手术后务农的，怪不得没见他带着书包，而只是跟普通民工一样背着厚厚的被子。

我终于忍不住泪流满面，他慌了，叫我别哭，说会让别人误会对你做什么坏事了呢。

又聊了一会儿，我趴在座位中间的小桌上睡着了，一觉醒来，天已经亮了，我一睁眼就发现双臂下面压着一张纸，抬起头却发现他不知什么时候已经下了车，我拿起纸，只见上面用工整的小楷写着几行字：如果生命的黑夜来临，而你不知何去何从，就请藏到僻静的心灵角落吧，没人会笑话你，可是当你拨开迷雾找到了方向，就请在天亮的那一刻离开吧，因为窗外的阳光不会总是等着你。

我小心翼翼地把这张纸收了起来，放在了贴身的衣袋里，我已经决定，就在下一站下车，再买一张最快的返程票。

谁在过去等着你

少年时，家门的钥匙一直被奶奶系在我的胸前，上学放学，都要走一段长长的山路，与我结伴而行的是一个叫菊的小女孩。菊身形瘦小，喜欢穿一身淡黄色的衣服，她跟生人一说话就会脸红，只有跟我在一起才会恢复一些孩子的活泼。

一切都源于那把钥匙。

有一天黄昏，我和菊放学回家，一路蹦蹦跳跳打打闹闹，回到村口时，我突然发现脖子上系的钥匙不知何时已经不翼而飞了，父母去了遥远的城市打工，奶奶此时还在十几里外的田地中劳作，进不了家门的我顿时急得满头大汗。

菊突然小声对我说："要不，先去我家吧。"

听了菊的话，我心中一愣，心头突然升起了一团疑云。

村子里的人都说，菊的娘是个不祥的人，自从嫁进村里，先克死了第一个孩子，又克死了公公婆婆，最后更是干脆克死了自己的男人，只有菊的八字硬，跟着娘活了下来，但也是面黄肌瘦，吃了上顿没下顿。我还听说，菊娘经常请人来家中作客，每次有人去了她家后，客人就会生一场大病，然后菊家里的日子就会好过一点，据说，这是菊娘引了别人的气运，壮了自己的气运。

菊请我去她家，不会是怀了别的心思吧。我突然想起，在路上，和菊追逐打闹时，她总是不经意地把手伸到我的脖颈处，似乎是想拉扯我系在胸前的钥匙。

少年心性不懂遮掩，我越想越怀疑，忍不住大声叫了起来：“菊，你说，是不是你把我的钥匙扯下去了，让我去你家，让你娘引气运，想得美，没门！”

听了我的话，菊的脸刹那间变得惨白，这还是我第一次看到这个爱脸红的小女孩脸色变得这么白，那种惨白顿时吓了我一跳，潜意识里，我觉得自己似乎是做错了，却又不知道该做些什么。这时候，大滴大滴的眼泪从菊的双眼中滚落下来，但她却没有发出半点声音，我们两个就这样呆立在了村口。

不知道过了多久，菊突然转身向上学的路跑了回去，这时天色已经暗了下来，我犹豫着该不该跟她一块去，我知道，她一定是去找我丢失的钥匙了，但看看逐渐阴暗的天空，我还是打了退堂鼓。

一直到天色全黑下来，菊还是没有回来，倒是奶奶和菊娘出现在了村口。看到呆立在村口的我，奶奶连忙把我拥入怀中，菊娘问我：“石伢子，菊呢？”

我指着前方无边的黑暗，说：“她回学校了。”

菊娘一句话也没说，就向前方的黑暗跑了过去。

奶奶看看消失在黑暗中的菊娘，又看着我，叹了口气，对我说：“伢子，这娘儿俩过得苦啊，吃不饱肚子，还得让人说三道四。”

听了奶奶的话，不知为什么，我的眼泪突然就流了下来，我拒绝了奶奶带我回家，我就站在村口等着。

又不知过了多久，菊娘才背着菊走回了村子，菊的裤腿破了，有丝丝的血迹渗出来，似乎是摔了跤，她看到我，什么话也没有说，菊娘冲我勉强笑了一下，便匆匆回家了。

钥匙最终还是没有找到，菊却不再与我结伴同行了，我很快找到了新的伙伴，她却从此变得孤独一人。很快，菊就辍了学，跟着菊娘在家种地。

多年后，我考上了大学，把家安在了城市里，菊则嫁给了邻村的一个庄稼汉。回村时，我偶尔会见到她，却早已形如陌路，如果没人提醒，我根本不会知道，那个荷着锄头的农妇就是当年素淡害羞的菊。

关于那把钥匙的去向，没有人比我更清楚，因为第二天我就在学校的课桌里找到了它，但是我却没有勇气说明这一切。

时至今日，我脑海中还常常会有一个身穿淡黄色衣服的小小身影跳来跳去，像一朵风中飘摇的小小火焰，扯得我的胸口一阵阵疼痛。我知道，那枚钥匙上已经丢失了，因为有一扇门已经永远地对我关闭了，那就是一个七岁小女孩的心门，我不知道，菊后来的命运是否与这枚钥匙的丢失有关，但我明白，一种源自时光深处的伤痕已经深深烙刻在了我的心里，每当忆起，它都会狠狠拷问我的良知。

生活就是这样，它会同我们开一些意味难明的玩笑，将一些珍贵的事物放在沿途的风景中，让我们擦肩而过，在错过之后，却又让我们发现它存在过的蛛丝马迹，循着这些痕迹追寻，我们就会发现，它一直在过去等着我们，它已凝结成了内心深处的伤，而时日愈久，它所带来的伤痛就会愈加深切。

少年之约

我一把握住他挥来的刀，突然感觉掌心好像被撕裂了，疼痛让我爆发出更加惊人的力量，我竟一把夺过了刀，身后早已吓得不知所措的夏晓荷突然尖声大叫了起来：“救命啊，抢劫了！”

在路人与闻讯而来的警察将歹徒制住之后，我突然感到一阵眩晕，夏晓荷关切地问：“是不是失血过多了，快，我们去医院。”

她还是没有认出我，这令我心里有一丝失望，但我并没点破，我和她搭了一辆出租车，去了最近的医院。

在填写病历时，夏晓荷问了我的名字，她惊奇地睁大了眼睛，说：“天啊，我有一个朋友也叫这个名字，仔细看看，你俩长得还真挺像的！”

我在心里大声说：“笨蛋，我就是他！”可表面上我只是微微一笑，不置可否。

夏晓荷细心地陪我包扎好伤口，反复询问了医生我的伤情，在得到并无大碍的承诺之后，才小心翼翼地陪我出了医院。

在医院门口，我对她说：“好了，我没事的，你继续忙你的事吧。”

夏晓荷脸红红地点了点头，又说了几声谢谢，转身打了一辆出租车走了。

看着出租车消失在人声沸腾的大街，我叹了口气，也许人总是会选择性失忆的，就像夏晓荷，明明还记得我，却已认不出我。

我开始怀疑回到这里是不是错了，放弃了那么多，只为一个虚无缥缈的约定，值得吗？

我同夏晓荷是第一代网友，那个时候上网的人还比较单纯，骗术还没有蔓延。那年夏天的某一天，我加了夏晓荷为好友，加她的原因有点可笑，因为我那天放学时看到了池塘里盛开的荷花，那荷花真美，所以我就想，会不会有个人跟这荷花一样美呢？于是，在网络上我碰到了夏晓荷，她是我见过的唯一一个用真名上网的人，我们一见如故，聊着一些可笑的话题，并很快互相传了一张相片，相片里那个巧笑嫣然的女孩跟我的想象简直如出一辙。

那时，我上高二，她上高一，随着接触越来越多，渐渐地，彼此心中都有了一份懵懂的期待，在那个不顾一切的年纪，我完全迷失在情感编织的网中，学习成绩江河日下，面对父母老师的声色俱厉，终于我供出了远在南方的夏晓荷。

当我第一次见到活生生的她时，她一眼就认出了我，但随之而来的却是无休止的责骂与说教，来自各方面的压力让我们不得不暂时停止交往，我们俩都被严禁上网。在返回的列车上，我借口上厕所，悄悄摊开了她塞入我手心的一个小纸团，上面写着：如果五年后，我们有了主宰人生的能力，就到第一次见面的地方，再见一面。

回家后，我发奋学习并考上了大学，在大学里，我终于有了上网的机会，虽然五年之期还没到，但我还是怀着一丝期待登陆了 QQ，夏晓荷的头像灰着一动不动，我给她留了言，却一直没有得到回复，后来，我删去了 QQ 中所有的好友，只保留了她一个，我想让她知道，我的 QQ 只为她闪亮，但她却恪守约定，从不与我说一句话。

来到这个城市是因为我毕业了，而五年之约将至，我四处打听，终于得知夏晓荷上了一所大专，已经毕业工作一年多了，我很快就找到了她，然后就发生了勇斗歹徒的一幕。

我留了下来，眼看距离那个约定的时间越来越近，我加紧了跟踪夏晓荷的力度，甚至在她回到公寓之后依然守在附近，有时透过只有一层薄纱的窗子，我还能看到她慵懒地走来走去，她身材纤瘦步伐轻盈，只有在那时，我才能找回一点她从前的影子。

眼看明天就到了履行约定的日子，我心情忐忑起来，跟随夏晓荷的步伐显得有些缓慢，她似乎发现了一些异样，不时地回头看，不知为什么，我觉得她就是在找我，终于，在一条大街上，我按捺不住心中的情绪，大声叫出了她的名字，但是，就在那次她回头的瞬间，一辆车突然冲了出来，我眼睁睁地看着她被撞出了好远，来不及救她。

惊慌失措之下，我甚至不敢上前看她最后一眼。

我回到了那个属于我的城市，生活变得平淡如水，我答应了那个一直对我有好感的女孩，两年之后，我们结婚了。

婚后生活虽然缺乏激情却平淡有序，直至有一天，我鬼使神差地打开了那个尘封已久的 QQ 号，在等待登陆成功的时间里，我感觉那个清爽女孩往日的笑语宛如在耳边，只是想到那个唯一的好友却永远成了灰色，我心里也禁不住一阵黯淡。

可意想不到的事情发生了，那个灰色头像居然跳了起来，我连忙打开它，只见上面有一句话：笨蛋，约定的日子还没到，你不要破坏我们订下的规则。

我笑了，然后又哭了，原来，夏晓荷并没有忘记我。

温暖的霞光

那是很多年前的一个秋天，那天黄昏，我与母亲大吵了一架，似乎受了很大委屈，独自一人离开了家。那年，我只有六岁，还没上学，没出过远门，却执拗得像个小牛犊子。在发觉迷路的那一刻，我后悔了，我不敢再走，我怕自己走得越来越远，这时，饥饿感也涌上了心头，我放声大哭了起来，哭声在旷野中显得格外响亮。

突然，我听到了一阵急促的脚步声，远远地，我看到，在大山的方向跑来了一个人。一直到他跑到我的面前，我才发现，这是一个年轻男子，戴着一副黑框眼镜，身后背着一个小包袱。他对我说："你是哪个村的？怎么会一个人到这儿来？"他说的是纯正的普通话，就像电视里那些人说话一样。我吞吞吐吐地说："我不知道，娘骂我，我就跑出来了。"

看到我一脸鼻涕眼泪的模样，他突然笑了，拿出一块手帕，给我擦了擦脸，说："是要小脾气了啊，不要急，想一想，你家村子是什么样子的？"我想了想，说："我家做饭时烟特别的粗，村里人人家里做饭烟都很粗，又长，远远地就能看见，不过，现在我看不见了。"

听了我的话，他皱起了眉头，自言自语说："炊烟都看不到了，看来走出来很远了。这下麻烦了。对了，你上学了吗？认不认字？"我摇了摇头："没上学。家里穷。娘说，明年攒够了钱，再送我去。可学校要翻好几座山，村里都没有人去上。”他笑了，伸过手来摸摸我的头：“没关系，很快，不用翻山也能上学，而且不用花钱的。”

突然，他用手指着一个方向大声说：“是不是那边，那边有好多炊烟啊！”我顺着他手指的方向看去，果然，很远的地方，在一片阴影中，有许多淡淡的炊烟，我高兴地大叫了起来：“那一定是我家。以前，娘找不着我，就让我看炊烟找家，她会让全村人都把炊烟放得又高又远，这样，我就能找到家了。可为什么刚才我看不到呢？”听了我的话，那人又笑了，他转过头来指着大山的方向，对我说：“你看看那边就知道了。”

我转头看去，只见大山的尽头，红色的晚霞像是燃烧着的火焰一般，染红了连绵的群山，非常的壮丽，但我仍不知道原因。那人对我说：“太阳就要落山了，把大山的阴影投射到了村子里，白色的炊烟就变得醒目和清楚了。”

听了他的话，我似懂非懂，但我发现，在大山的阴影笼罩下，远方的白色炊烟确实更加清晰了。

他对我说：“跟我上学吧，上了学，你就什么都懂了，再也不会迷路了。”他的话仿佛具有极大的魔力，让我对上学产生了极大的渴望。他说：“走，我背你回家！”

在他并不宽厚却很温暖的背上，我回到了家。一路上，黄昏的霞光逐渐褪去，我们也从霞光中走入了黑夜，但他身上那种源自霞光的特殊味道一直让我心头暖暖的。

后来他留在了附近的一个村子里，成立了一座简陋的学校，他成了我的老师，教我和许多穷孩子读书写字，并送我走出了大山，上了大学，在城市里安了家。

他却选择留在了那个群山环绕的大山里，每次回乡，我都会在他已带有浓郁方言味道的话语里忆起那一天，忆起那金色霞光的味道。我知道，在那个久远的秋天，那个短短的黄昏，那缕温暖的霞光已经决定了我的一生。

雪地上的孤独

雪花落，梅花开，昼短夜长，暖阳锁寒窗。每一个冬季飘雪的时候，他都在温暖的室内，用灼热的目光凝望着窗外洁白的世界，但是却没有勇气走入雪中大地的怀抱。

从他记事的时候起，母亲就总是悄悄流泪，他有些不明所以。直到有一天，他看到窗外飘起雪花，听到窗外传来银铃般的笑声，在他的要求下，母亲抱他来到窗前，他看到了窗外洁白而美丽的大地，看到了雪地里快乐追逐的孩子们。

他沉默了良久，忽然对母亲说：“妈妈，下雪是不是很冷？我好冷啊。”

母亲哭了。

看着那些四处奔跑的孩子，他知道了自己的不同，也找到了母亲悲伤的根源，那些孩子快乐奔跑的双腿于他而言只是一种摆设，他患有先天性双腿肌肉萎缩症，而且这种可怕的病症还在不断向身体的其他部位蔓延。

十二岁的时候，他偷偷听到了医生对自己的诊断，那个冰冷的声音说，这个孩子不会活过二十岁。

得知了真相，他感到一种深深的绝望，只能孤独地躺在床上，任身体在时光中枯萎。冬天来了，一天清晨，他起床后偶尔看向窗外，突然发现雪花已经在漫天飞舞，他痴痴地望着窗外的雪，感到了一种痛彻心脾的孤独。

突然，漫天雪花中传来了一缕细小而奇怪的声音，那细微的噼啪声让他感到了一种源自灵魂的召唤，他不顾一切挪动轮椅出了门，然后他看到了毕生难忘的一幕，在雪花飞舞的院落一角，一枝嫣红的梅花静静伫立着，他确信，刚才的声音就是梅花绽放的声音。

他呆呆地看着墙角孤独的梅花，看着它渐渐被雪花覆盖，白与红混杂在一起，梅花与雪花混杂在一起，变成了一种奇怪的形状。

他突然觉得这枝梅花像极了一块石头，坚硬的石头。

那一天，他在院内待了很久，雪花几乎把他变成一个雪人。他没有注意到，那个时刻，有一双眼睛正好奇地看着他。

眼睛的主人与他同龄，是他的邻居，那天只是偶尔路过时随意的一瞥，这个小女孩被这个坐在轮椅上的同龄人深深震撼了。女孩走入院落，来到他的身边，帮他拂去身上的雪花，并一直陪他到母亲回来。

于是，在那个飘雪的日子，他的孤独有了人分享。一直以来，他都希望自己是块坚硬的石头，坚硬的可以拒绝任何形式上的东西。表面上来看，他似乎做到了，但他却明白，他无法拒绝自己的内心，因为，四季更迭，没有哪一块石头会如此祈盼冬天的到来，与内心的冰冷相比，这个飘雪的季节倒似是多出了一丝温柔。

十二年过去了，岁月的年轮记下了每一个飘雪的日子，那个与他一同分享雪地孤独的女孩也渐渐长大了。

他二十五岁那年春天，女孩出嫁了。

这一年的冬天，他终于走到了生命的尽头，比那个宿命的数字整整多出了五年。他躺在病床上，窗外飘起了雪，他已没有了赏梅的冲动，渐渐失去光彩的眸子里多了一丝伤感，他想起一首诗中说的，冬季属于坚硬的石头。

他想：我是那块石头吗?

他沉沉睡去，次日清晨才清醒过来，映入他双眼的，是耀目的阳光，还有那个与他一起分享了十二年雪地孤独的人。

他笑了，他想起了那本书里那句没有说完的话，冬季属于坚硬的石头，更属于融雪的阳光。

他闭上眼睛，满足地离开了这个世界，毕竟，这一生，他曾拥有一份孤独的友情。

少年的心是一颗星

夜晚闲暇时，我喜欢仰视满天群星，它们在静谧的天空中似乎缊藏着某种力量，能够散发出一种神奇的光彩，照亮每一个少年未谙世事的单纯心灵。记忆中最深的是这样一颗星。

中学时代，在一堂自然课上，老师讲宇宙构成，他对我们讲起了星辰，并提议让我们谈谈对星辰的了解，这当然难不住酷爱星辰的我，我正要站起身来，突然课堂西南角一个瘦瘦的身影站了起来，我定睛一看，竟然是那个沉默内向的女孩于小荷。

于小荷的嗓音就像小溪叮咚，星辰从她口中说出仿佛被溪水浣洗过一般明净，在陶醉之余，我震惊地发现，于小荷对星空的了解绝不在我之下，一种惺惺相惜的感觉让我对这个瘦瘦小小的女孩刮目相看。

于小荷坐下后，我也迫不及待地站了起来，讲出自己对于星辰的了解，虽然我装得目不斜视一脸从容，但还是能够感觉到来自某个僻静角落的一缕目光。

老师满意地让我坐下，然后说：“老师也很喜欢星星，而且最喜欢找星星，大家知道吗？很多星星都是以人的名字命名的，譬如最著名的哈雷彗星。谁发现了一颗新星，就会以发现人的名字命名，在天文界，找星星是一件非常严谨的工作。现在，我给大家布置一个课余作业，就是找一颗星星，它在西南方向，与其他星星最大的不同是，它与地平线的夹角仅有大约5度，而且，它只在深秋清晨一段极短的时间里出现，我给它起了个名字，叫做小飞侠。希望你们在早起锻炼的时候能够找到它。”

还有这样神奇的星星，我兴奋得难以自己，暗下决心，一定要第一个找到它，想到这儿，我不禁看了于小荷一眼，却发现她的目光也正向我这儿游移着。

第二天一大早，我匆匆起床，跑向一片开阔的田野，等我气喘吁吁地到达时，却吃惊地发现，在田野中间伫立着一个瘦瘦的身影，那时晨光熹微，于小荷朦胧的身影仿佛溶入了自然万物一般，显得那么和谐静美。

那天，最终还是于小荷第一个发现了游弋空中的小飞侠，远远望去，它就像大地上的一盏灯，惊喜过后，我和于小荷并肩而立，静静看着它消失在毗邻地平线的遥远天边。

此后，我与于小荷成了最要好的朋友，我发现，除了星辰，她还与我有着那么多的共同爱好，读课外书、听流行音乐、看足球比赛，这个瘦小的女孩身上似乎有着一种异乎常人的魅力，而这份魅力，只有我才能感觉得到。

初中毕业后，于小荷随父母转学去了遥远的南方，在临行之前，她送了我一只精致的幸运星，她说这就是那颗小飞侠。

直到我大学毕业、结婚生子，于小荷始终没有半点消息传来，她送的那颗幸运星被我珍藏了许久，但最终还是随着时光流逝被我渐渐淡忘，就像于小荷一样。

可在某一天，两岁的儿子不知从什么地方找出了这颗尘封许久的幸运星，当我发现时，小飞侠已被他把玩得露出了原形，我吃惊地看到，在那张摊开的紫色彩纸上，有几行娟秀的小字。

上面写着，我喜欢这颗距地平线最近的星，因为他离我的心最近，虽然似乎只是匆匆而过，但却留给了我最美好的憧憬。纸的最下面，还有她留下的通信地址。

我明白了，这颗地平线上的星，原来就是她那颗少女般纯净的心。

点亮青春的灯盏

在青春的记忆里，有一盏灯，闪烁着微弱的光芒，却带给我无尽的希望。

那一年，我十七岁，本是朝阳般灿烂的年纪，却患上了肝炎，不得不休学住进医院，身边缺少了琅琅读书声与青春的气息，我生平第一次感到了人生的无奈。

我每天都要打针吃药，父母向单位请了假，每天照顾我，可我却什么也吃不下去，短短一个月，我的体重就降了十斤。

我的精神状态也变得异常差，从一些病人的嘴中，我得知肝炎是无法根治的，这意味着它将伴我一生，偶尔，我会发觉一些健康人向我投来的异样目光，这让本就内向的我变得更加沉默寡言。

来看我的同学很少，偶尔有一两个，也都躲闪着不敢离我太近，我知道，他们是怕被我传染，我心里很难受，每次等到他们走了，都会忍不住痛哭失声。

生活越来越像一种煎熬，就在我感觉自己即将崩溃的时候，病房里又来了一位病人，他似乎是来自农村，年纪和我差不多，只是比我更加面黄肌瘦，我不知道他得了什么病，但从陪他同来的母亲的脸上，我分明看到一抹无法掩饰的悲伤。

后来，从他母亲的口中得知，他患的是肺癌，虽然是早期，但情况并不乐观，好不容易才凑齐了手术的钱。

他有着不同于这个年纪的平静，虽然默默无语却显得很稳重，我们的交流很少，但我注意到一件事，每天晚上，在熄灯之后，他都会拿出一盏极小的台灯，或许是怕影响我休息，他用一个自制的灯罩把灯光遮了起来，只余下小小的缝隙对着自己的方向。

我看到他在读书，而且是彻夜不眠的读书，每当我从梦中醒来，都能看到微弱的灯光下他专注读书的情景。我很诧异，不知道是什么书令他如此痴迷。

他在病房住了半个月之后，迎来了第一次手术，手术过后，他的身体缠上了厚厚的绷带，可是每当我午夜梦回，见到的仍然是他在微弱的灯光下苦读的情景。

我按捺不住心中的好奇，鼓足勇气问了他，才知道那本书的名字是《平凡的世界》，从他口中，我得知，此书的作者路遥在不久前刚刚去世，据说，也是肝脏疾病。

说这些话的时候，他目光闪烁，掩饰不住眼中的一抹泪光。

他把书借给了我，又把那盏小灯也给了我，我很快沉浸在书中。不知道为什么，在这一天之后，我的心情平静了下来，病情也逐渐好转，医生说是因为我的精神状态好转才使治疗效果变好，但我知道，其实是那盏午夜的灯带给了我对于生活的渴望。

他在第二次手术后就出院了，出院前，我送了他几本我喜欢的书，他执意把那盏小台灯留给了我。

这盏小灯我至今仍珍而重之地保存着，我知道，这不仅仅是一个纪念品，它更是一段青春岁月由懵懂渐趋成熟的见证，无论我们的生命将最终走向何方，因为这小小灯盏的照耀，我们都可以勇敢并且无悔地去面对。

一封信的忧伤

如今，手写信件已经是一件稀罕物了，我已经有十年没有收到过一封纸信了，更加便捷的电话和互联网让所有消息都传递得轻而易举，所以当邮递员敲开我的门，为我递上一封古旧的信笺时，我竟有些不现实的感觉。

送走邮递员，我翻看信封上的文字，发现了一个几乎被我遗忘的名字，信汉声。他是我二十年前在异地求学时的好友，当时我们两人好得如胶似漆，一起写诗，踢球，喝酒，追女孩，那时的我们似乎有着用不完的精力，每天的生活都充满着奇思妙想，对未来也充满着美妙的憧憬。

事实上，那短短的四年校园生活，与之后匆促而过的岁月相比，它并不算长。毕业之后，在岁月洪流的冲刷之下，我已经很少回忆当时的生活了，但是此刻，一封信却叩响了我的记忆之门，日夜在浮躁中奔波的我竟然被它勾起了久违的忧伤。

撕开信封，里面的信纸被折成了二十年前流行的款式，四四方方，棱角分明，小心地展开信纸，里面是熟悉又陌生的字体，熟悉是因为它一直存在于我的内心深处，陌生则是因为多年未见而略显突兀，用纯蓝色墨水书写的字迹有天空的味道，空旷中有着一丝莫名的忧伤。

信中写道：一别经年，各自匆忙，早已没有联系方式，某天晚上翻看毕业纪念册，突然有一种强烈的愿望，希望能得到老友的消息，便按纪念册上的地址试着写一封信，若收到，信中附有电话号码，常联系。

我取出手机，按下信中写下的电话号码，在按呼叫键时，却犹豫了起来。时光隔阻了我们多年，我们各自有着不同的境遇，乍一通话，我担心会有无话可说的尴尬，又或是会陷入客套寒暄的俗套，就像是近乡情更怯，在心灵的渴求面前，是否能找到一种合适的表达方式让相遇的美好不致被现实的坚硬曲解呢，不知不觉，我竟有些患得患失起来。

事实上，我也经历过类似的情景，与某位老友多年未见，偶尔去他所在城市出差，联系之后一同吃饭，令我始料未及的是，最初的喜悦竟在饭桌上被一点点消磨殆尽，最后两人面对面竟变得无话可说。究其原因，无非是各自踏上了不同的生活旅途，那一段共同走过的时光虽然曾让心灵彼此接近，但无情的岁月还是在不知不觉中改变了彼此，将心的距离再次拉远了，我们对彼此的认知都停留在多年之前，面对面的交流便不可避免地产生了偏差与碰撞，让彼此都大失所望。

我犹豫许久，还是放下了手机，我决定按照信上的地址给他回一封信。我觉得，还是这种古老的近乎落伍的方式更能唤回我们曾经的记忆，因为文字可以让我平静地诉说心中所想，从某种意义上来说，纸信其实是我们共同走过的那段岁月最好的注解，也只有这种方式不致破坏心中的美好，可以让岁月停留，让友情历久弥香，虽然这封信如今已多了一缕美好的忧伤。

苦难是一粒种子

我第一次见到他，是在一个初冬的夜晚，他正在一只旧纸箱中酣睡，他的母亲则在费力地向我兜售一个会发光的音乐陀螺，我不耐烦地推开她想尽快离开，就在她身子一闪的瞬间，我看到了纸箱中的他。

如果不是仔细看，我一定不会认出那是一个孩子，他蜷缩的姿态僵直生硬，根本不像一个具有自我意识的生命，在昏暗的灯光下，他瘦小的身体与周围缠绕的破旧棉絮几乎溶为了一体，要不是那一刻他突然动了动，我是不可能发现他的。

那一刻，我的心像被什么东西剧烈地撞击了一下，我意识到，他还是个孩子，看身形，应该和我的儿子差不多年纪，大约两三岁吧。

他的母亲看到我突然停顿下来，立刻又饱含希望地凑了上来，继续不遗余力地向我推销那个发光的陀螺。

我问她："多少钱一个？"

她咬了咬牙说："六块钱一个，十块钱可以给您两个。"

我掏出十块钱，从她手中拿过那个陀螺，又看了一眼纸箱中的他，正要转身离开，她突然上前一步，又把一个陀螺塞进我的手里："先生，十块钱两个，您少拿了一个。"

我把陀螺放回她的手里，对她说："天黑了，挺冷的，孩子别冻感冒了，早点回去吧，这个陀螺给孩子玩吧。”

说完我就转身离开了，她没有再次追上来，走远之后我悄悄回头看了看，发现她还在原地呆呆站着一动不动。

第二次见到他的时候，天空正下着大雪，时日已近隆冬，还是在那个广场附近的街道上。这一次他没有睡，他在一小块没有积雪的空地上，拿着一个发光的陀螺独自玩耍着，他的母亲则在不远处冒着大雪向行人兜售陀螺，不知道为什么，我一眼就认出了他。

我在他的身边停了下来，看到一双大脚在面前停下，他停止了玩耍，抬起头看着我，小脸冻得红扑扑的，像一个红萝卜，他的眼睛大大的，清澈而明亮，小脸上挂着两行大鼻涕，一脸的惊愕与好奇，我弯下腰想抱抱他，他却突然像一只受惊的小鹿般跑开了。

他的母亲发现了情形的异常，急忙抛开顾客，快步跑了过来，她一把将他抱入怀里，抬起头看向我，正想说句什么，却突然呆住了。

虽然有些令人难以置信，但她确实认出了我。

她冻得通红的脸上迅速堆起了笑容，走上两步对我说：“大哥，是你啊。苦种，这是叔叔，你的陀螺就是叔叔送给你的，快叫叔叔！”

原来他叫苦种，真是一个奇怪的名字。

苦种睁大眼睛看着我，又看看手中的陀螺，良久，怯生生地叫了一声：“叔叔好！”

这是我第一次听到他开口说话，他的声音很小，发音却很清晰，那一声“叔叔好”在漫天风雪中准确而清晰地钻入我的耳朵，他小嘴中呵出的一小团白气则如一朵白云般迅速融入了漫天的雪花。

我伸出双手把他抱入怀里，他不再抗拒，顺从地偎进我的怀里。他的身体出奇得轻，我的心禁不住一阵阵生疼。

他的母亲说：“大哥，苦种认出你了，他平常根本不让别人抱的。”

我问她：“他叫苦种？”

她说：“嗯，辛苦的苦，种子的种，是他爹给取的，他爹说这孩子一生下来就是吃苦的命，是粒苦种啊，都怪当爹娘的没本事，可是穷人家的孩子也得发芽嘛，他今年三岁了，能自己照顾自己了，他饿了就吃，困了就睡，平时我也不用多管他，再说，我也没空管他呢。”

听着她的话，我看着怀中的苦种，苦种突然打了一个大大的哈欠，这么冷的天，漫天大雪，他竟然倦了，这一切是不是因为他找到了一个温暖的怀抱呢？

我想再买两个陀螺，可苦种娘说什么也不答应，她知道我不是真心想买陀螺，却还是硬塞给我两个陀螺。那一晚，我陪苦种在大雪中玩了好久，一直到目送这一对母子消失在漫天大雪中。

后来的日子，我和他们经常见面，苦种的话渐渐多了起来，每次见到我，他的眼睛都闪耀着一种期盼的神采，我有些疑惑，但很快我就从苦种娘的嘴中得到了答案。原来苦种爹在半年前因为一场车祸离开了人世，我想，苦种应该是在潜意识里把我当成了他的父亲吧，他在渴望一种父爱。

母子俩在城中艰难度日的原因也正是因为那场车祸，撞死苦种爹的肇事车辆已经找到了，但赔偿的钱款一直没有到位，于是苦种娘从村里来到城里，天天上访寻求法律支持，娘儿俩租住在廉价的出租屋，平常就靠贩卖一些小孩玩具勉强度日。

他们的故事让我感慨不已，我也是农村出来的孩子，对生活的理解与他们有着共通之处。于是，我对这对母子有了更深的关注，逢有周末闲暇，我就请他们来我家中作客，甚至苦种还在我家住了几天，并和我的儿子成了最好的玩伴。

就这样过了半年，不久前的一天，苦种娘突然对我说：“大哥，赔偿款拿到了，我们要回去了。”

我听得一怔，这些日子以来，我已经习惯了与苦种相处的日子，小苦种一直对我非常依赖，我也从他身上得到了一种久违的温情，可是我们都没有意识到，我们的生活轨迹是不可能重合的，苦种毕竟是个外来户，他的家远在二百里之外的乡下。

送他们走的那一天，我们全家都来了，临上车的那一刻，我突然发现苦种娘和苦种脸上并没有任何喜悦的表情，苦种的大眼睛里甚至还含着热泪。那一刻，我知道，这座不属于他们的城市因为某些人与某些事的存在，已经成为了他们生命中重要的一部分。

他们不知道的是，在与他们相处的这段时间里，因为那粒苦难的种子，我心中那片一度荒芜的土壤已经焕发出了勃勃生机，被城市的繁忙与人情的冷漠麻木了的心也渐渐复苏了最初的善良。从某种意义上来讲，我从他们那里得到的，要远远大于我所付出的。

乡下病友

前一段时间，因为一场小病，我住了几天院，有一位邻床病友让我印象深刻。

这是一位从农村来城市打工的青年农民，身体又黑又壮，平时话语极少，身上有股挥之不去的工地上的石灰味道，他因为腿部动手术无法下床走动，一直在病房照顾他的是他年迈的父亲，一位又黑又瘦弓腰驼背的老人。

两父子话语很少，彼此间交流总是大大咧咧，与同房的病友们说话则小心翼翼。

父亲常对儿子说："黑伢子，咬咬牙，谁没个病没个灾的，过两天就没事了。"

儿子常对父亲说："爹，给我拿杯白开水，要凉的，这伤口火辣辣地疼啊！"

为了省钱，父亲没有租医院的折叠床，晚上就铺条编织袋躺在地上，他睡得极是香甜，常常要儿子大声喊很多次才能醒来，后来为了怕影响其他病友，父亲就从外面折了一节树枝，让儿子晚上需要叫他时就拿树枝捅捅。

父子俩很少主动与病友们交流，但说不上两句总要有几声习惯性的

“谢谢”。

“谢谢你了，俺不知道这东西怎么用，幸亏你帮俺叫来了护士。”

“打扰你了，俺想问问这医院附近有没有公交车站啊？俺头回是打车来的，不知道。”

父子俩与他人说话总是刻意把声音压低再压低，彼此之间则是声如洪钟中气十足。

我问过才知道，原来这对父子就在这座城市的郊区打工，儿子患病后，儿媳继续打工挣钱凑医药费，父亲则暂停了薪水较低的打工来到医院陪护儿子。

父子俩很少讲城市打工的事，讲得更多的是乡下的家长里短，他们浓重的方言我只听得一知半解，但我还是对那些诸如“二婶家里又添了个孙子”“三叔家里几个妯娌又骂起来了”“玉堂哥家喂的猪长到了三百斤”等等事情，感到既遥远又亲切。

为了省钱，他们在医院住了五天就出院了，凑巧的是，那天也是我出院的日子，与我家人跑前跑后办理出院手续不同，这对父子总是一起去办理手续，我的出院手续很快办完，但我想跟他们告个别，于是就在病房等着他们。

父子俩整整跑了一个上午才办完所有手续，中午才回到病房，直到此时，我才第一次见到了儿子的老婆，她不知什么时候来到了医院，这位青年女子脸庞黝黑，矮小敦实，手里拿着一只粗布袋子，回到病房，父亲取过袋子，从里面取出几小袋红薯，一一分发给同房的病友，一边分发，一边不住口地说：“乡下没啥好东西，自己种的地瓜，谢谢大伙了，住院这几天帮衬俺们这么多。”

我接过沉甸甸的地瓜，心中一恍，竟然发现这是我平生第一次在医院得到他人的惠赠，虽然是不值钱的地瓜，却有着一颗红红暖暖的心。

父亲分完了瓜，又探身到儿子的病床下，取出了一只已撑得满满的编织袋，回头看到我奇怪的眼神，他略显不好意思地说：“俺每天出去买饭，总看到好多空的矿泉水瓶子，心想这东西还能换两个钱，就拿回来了，大家放心，这瓶子我都在水管上洗过了，很干净的。”

我恍然大悟，为什么这老人每次出去都会拿着两瓶矿泉水回来，还以为他是买来喝的，原来是为了收瓶子，而他那床下的编织袋想必也是他一进病房就悄悄放在床下的。

我与他们一同离开了病房，这父子俩和儿媳妇一路说着“谢谢”离开了医院，消失在城市的人流中，我却站在医院门口迈不动步了，回头看看这繁忙无比的医院，心却突然静了下来。

这乡下病友，把乡下泥土的气息带来了城市，留在了病房，将卑微与谦恭呈现在城市的坚硬与繁华面前，似乎是那么不堪一击，可我却感觉到，这朴实善良的一家人让人依稀感受到了大地母亲的气息，而这正是城市的高楼大厦永远无法企及的高度。

捉虱子的游乐场

秋高气爽的上午，我带着儿子来到大广场的游乐场，却发现往日人声喧哗的游乐场竟变得一片寂静，仔细望去，竟然有一对衣衫褴褛的母女在那个彩虹状的滑梯上玩耍。

色彩炫丽的彩虹梯上，这对流浪母女懒洋洋晒着太阳，五六岁大的女儿惬意地闭着眼睛，一脸灰土的母亲仔细地捉着女孩头上的虱子，阳光刺目，她们身上散发出阵阵汗臭味道，让往日里如织的游人全部退避三舍。

我下意识地停住了脚步，却拗不过五岁的儿子，他用含着泪水的大眼睛看着我，希望我兑现带他去游乐场玩的诺言。

无奈，我只得来到游乐场门口，卖票的老人对我说："票价两元。"

我皱皱眉，对他说："里面有两个捡垃圾的人，身上这么脏，还长虱子，能不能让她们出去？"

老人看了看我，说："她们交钱了，你可以不进去。"

我无言以对，只得交了钱，带着儿子进入了空空荡荡的游乐场。

看到蹦蹦跳跳的儿子冲向最喜爱的彩虹滑梯，我急忙一把拉住他，告诉他那里脏，有虱子，没想到儿子眨着大眼睛对我说："什么是虱子？那里只有两个人啊。"

我一愣神的功夫，儿子已经冲了过去，接下来发生的一幕令我终生难忘。

只见那个蓬头垢面的母亲用最快的速度带着女儿离开了滑梯，而那个脏兮兮的小女孩见到身为同龄人的儿子向自己跑过来，竟然绽开了无比灿烂的笑容，只是这笑容很快随着母亲的强拉硬扯变成了号啕大哭，那一个瞬间，我从那位表情尴尬的母亲脸上，竟然看到了一种令人心碎的悲伤。

母女俩让出了滑梯，儿子却没有去玩，他走到大哭的小女孩面前，从衣兜里掏出了一块糖，轻轻递了过去，小女孩停止了哭泣，她小心翼翼地接过糖，却不知该如何剥去糖纸，母亲轻轻剥去糖纸，把糖塞进女儿嘴里，小女孩顿时破涕为笑了。

我没有犹豫，快步走了过去，轻声对那位母亲说："让孩子们一起玩吧。"

听了我的话，那位母亲一脸不可思议的表情，转瞬之间，就有两道泪水划过了脏兮兮的脸庞，她小心翼翼地点了点头，放开了紧紧抓住女儿的手。

看着两个迥然不同的孩子在一起欢乐地玩耍，我心中竟充满了平和与温暖，过了一会儿，儿子竟然也学会了帮小女孩捉虱子，两个孩子嘻嘻哈哈，打打闹闹，玩得不亦乐乎。

我试着和那位母亲交谈，却发现她是一位哑巴，于是我不再说话，和她一起静静地看着两个孩子嬉闹，不知不觉就到了中午，我偶尔看一眼这位母亲，竟然发现她不知何时已面带微笑了。

走出游乐场时，看场老人对我露出了从未有过的微笑，他告诉我，这对母女流浪在这儿好几天了，晚上就住在游乐场里，母亲戒备心理很强，拒绝民政部门帮助，好在民政部门已经联系到了她们的亲人，很快她们就不必流浪了，据说，这母女俩身世很惨，这都好几天了，从没看见她们像今天这样高兴过。

这对母女曾遇到何种变故我不得而知，但在这个捉虱子的游乐场，我却陡然发现，自己的心上不知何时竟也长满了“虱子”，那些打着自私、矫情、轻蔑等标签的“虱子”让我的心灵变得肮脏而龌龊，若没有儿子的善良与单纯，我几乎就会任由它们侵蚀自己的心灵。

走出游乐场，许多看到我和儿子与那对流浪母女在一起的人都有意无意地对我们避而远之，儿子奇怪地问我是怎么回事，我坦然地告诉他，这是因为他们只看到了别人身上的虱子，却没有发现自己心里也长满了虱子。

一成不变的生活有多珍贵

回家的路上，我又看到了那个临窗观望的小女孩。一年四季，她几乎都会站在那扇淡绿色的窗前，一言不发地凝望着街道上川流不息的人与车。

一次偶然的机会，我得以走入小女孩家中做了一次电视采访，采访的主角是小女孩的母亲，采访的主题是关于她数十年如一日地坚守在平凡而艰苦的一线岗位。但是，母亲叙述的关于工作的辛劳很快就被我忘记了，占据我脑海的是那个小女孩，从窗前走入眼前的瘦弱身影和始终一成不变的平静眼神。

这是一个患有孤独症的八岁小女孩，令我惊讶的是她异乎寻常的美丽，眉眼宛如画出来一般精致，眼波清澈如同平静的潭水，步履轻盈节奏缓慢，在母亲尴尬的招呼声中她依然不为所动，拒绝向我们道一声表示礼貌的问候。

采访这位母亲的过程异常困难，她似乎有着天生的自卑与紧张，每每谈起自己，都会迅速地满头大汗话不成句，嘴唇会突然抖得厉害，在我们耐心地引导下仍然毫无进展，一直到她的女儿悄无声息地进入到镜头之中。

在整个采访过程中，小女孩都站在客厅一角，静静地观察着这一切，眼神没有半丝变化，沉浸在工作氛围中的我们几乎已经遗忘了她的存在。可就在她的母亲又一次满头大汗一筹莫展之际，她突然端着一杯清水走到了母亲面前。

我永远忘不了那个时刻，一个平静美丽的小女孩，端着一杯如她一般清澈透明的水，轻轻地将水递到了她的母亲干裂灼烫的唇边。就在那一瞬间，弥漫在房间中因采访不顺而产生的焦躁与紧张全部消失了，母亲的眼神迅速瞥了一眼摄像机镜头，最终还是抑制不住奔涌的泪水，把头转向一旁哭了起来。

我被惊呆了，小女孩的手停留在空中，依然保持着为母亲递水的姿势，母亲则埋着头低声啜泣，我竟忘了此行的目的，只是不想去破坏这无法用言语形容的画面。

半晌之后，母亲平复了情绪，喝下女儿递来的水，小女孩缓缓退出了画面，依然一言不发地站在客厅一角。

接下来的采访变得异常顺利，我没有再纠结于枯燥的工作，而是与这位母亲谈起了这个美丽而静默的小女孩。

母亲告诉我，小女孩生下来就如此美丽，只是不说话，她不与人交流，只是喜欢站在窗前看外面的世界，但是她相信，小女孩什么都懂，因为她会为母亲擦拭汗水，会为母亲端来清水，会抱着母亲睡去，也会偶尔对着母亲露出甜甜的笑容。因为有了女儿，她才会倍加珍惜平凡艰苦的工作，时至今日，甚至喜欢上了这一成不变的生活。

采访过程中，小女孩一直认真倾听着母亲的诉说，保持着始终不变的平静，偶尔眨动一下美丽的大眼睛，如一座塑像般须弥缥缈难以琢磨。

结束采访时，母亲看着自己的女儿，喃喃地说，一成不变的生活多么珍贵啊，孩子永远是孩子，母亲永远是母亲。

母亲的话令我心生感慨，一成不变的生活有多珍贵呢？周而复始，从始至终，平静的时光里，有小女孩身上的碎花衣裳点缀其中，温柔的阴影也是美丽的吧，令人不舍遗弃，只能珍藏心中，一直不变到永远。

捞月亮的母亲

捞月亮的人，是一位母亲。

在那座川藏交界处的偏僻山村里，我遇到了她和她年仅六岁的儿子。彼时我还只有二十出头，心性跳脱，常常只背着简单的行囊信马由缰，漫无目的地四处游荡，那座贫瘠的大山是我在天黑之后来到的地方。在一处平整的山坡，我支起随身携带的帐篷，准备在野外过上一夜，就在似睡非睡之际，我听到远处传来了窸窸窣窣的声音。

我吃了一惊，以为是有野兽出没，顿时睡意全无，连忙小心地坐起身来，慢慢拉开帐篷一角，仔细寻找声音的来源，很快，顺着声响传来的方向，我看到一个提着水桶的女人领着一个脏兮兮的小男孩，披着漫山的月光从山下走来。

我屏住呼吸，这时已经接近午夜零时，居然还有人来山上汲水，种种灵异传说让我不寒而栗。可是，这母子俩似乎根本没有注意到山路旁边突兀而出的帐篷，女人一手提着水桶，一手牵着男孩，两人一言不发，不疾不徐地走着，只是短短几分钟，便在我视野中只留下了模糊的背影。

好奇心最终让我战胜了恐惧，我走出帐篷，小心翼翼地循着她们的背影走去，走了大约半个小时，远远地，我看到母子俩停下了脚步，那里居然有一口水井，女人将水桶拴上绳子，放入井中，嘴里开始喃喃地说起了什么。

这时，我已经确定，这只是一对普通的山村母子，于是我大着胆子走上几步，终于听到了女人说的话。

“只有这个时候，井里的月亮才最大最圆，狗儿莫急，娘给你捞一个上来，回家以后放在你的床前。”女人的乡音十分绵软，不像山里女子所固有的泼辣。

“娘，月亮落在水里，是不是就被洗干净了，不像在天上那样模糊着让人看不清楚了？”儿子稚嫩的声音充满着期待。

女人顿了一顿，说：“狗儿说得对，月亮被水洗了以后，可好看了，就像狗儿的眼睛一样好看。”

听了母亲的话，小男孩笑了起来，奶声奶气的笑声顿时让黝黑沉默的大山有了勃勃生机。

母亲用力地在井中提出水桶，然后弓着腰提起水桶，另一只手牵着小男孩，吃力地踏上了归途，走上十几步，瘦弱的母亲就要休息一下，停下的时候，她抚摸着小男孩的头，再看看天上与桶里的月亮，神情中竟有掩不住的忧伤。

我不再犹豫，快步从低凹处走了出来，来到她们的面前。在寂静的午夜，这对母子竟对我这个不速之客没有丝毫不安与恐惧。

我说：“大嫂，我来帮你提水吧。”

女人没回答我，自顾自地说：“你是刚才路边帐篷里的游客吧，这山上很凉，收了帐篷跟我们到家里休息吧，本想下山时再叫醒你的，没想到你跟着我们上了山。”

我顿时恍然，原来她早就发现路边的帐篷和我了，也许早已司空见惯，所以没有刻意多看几眼罢了。

走近以后，我才发现，小男孩的眼睛似乎有些问题，月光在他的眼中有些泛白，似乎隔了一层厚厚的雾。

女人对我说："狗儿眼上有病，长了白疮，你们城里人叫白内障，我正在攒钱给他治，听说这病不难治，但是耗不起时间，要早治。白天，我上了一天工，给人纺丝线，晚上才能照管家里的田地，刚刚散了工，想起家里没水，才在这个时候上山，好在狗儿眼不好上不了学，不用担心明天他要早起。"

或许是看到了我眼中的疑问，女人接着说："狗儿爹去了城里打工，那里挣钱多一些，家里就只有我和狗儿了。"

我没有再说话，默默地提起水桶，慢慢地跟着母子俩下了山，经过帐篷时，我用最短的时间收拾好行囊，把它背在身上，然后执意再次提起水桶，一路来到了女人位于半山腰处的家里。

这个小村落只有三四十户人家，同样的贫穷让女人无法得到他人更多的帮助，可女人跟我说起这些时却一如既往的平静。她说，乡邻们已经帮了她很多，不能再麻烦人家了。

在家里，女人熟练地烧水给我喝，然后铺床，哄儿子睡觉，一切都像外面森严的大山一般井然有序。

我躺在外间屋的床上，听到了母子俩在睡前的交谈。

儿子说："娘，我想爹了，今天山上遇到的那个人好像爹啊，个子一样的高，手一样的有劲，可我就是看不清他的模样。"

母亲说："狗儿，快睡吧，睡着了，就能见到你爹的样子了，再过上半年，咱们就去城里找他，治好你的眼睛。狗儿知道吗？你的眼睛跟天上的月亮一样好看，娘就是这条命不要了，也要把它从水里捞上来，让你看清楚你想看的一切。"

或许是怕打扰，母子俩说话的声音很轻很轻，我却早已听得泪流满面难以自抑。

第二天一早，我匆匆结束了旅行，回到城市，用最快的时间联系好医院，然后找朋友开车来到大山接这母子俩去医治眼患。面对她们的道谢，我竟无言以对。

时过境迁，那位捞月亮的母亲或许并不知道，她捞起的并非只有一份属于自己的美好愿望，更有一个旁观之人的迷途之心，只有我自己知道，当时的自己正因为一场懵懂爱情的破碎而选择了放逐与放纵，却忽略了这世间还有那么多更加珍贵的事物，譬如四处寻找我去向的焦虑父母，譬如被青春之雾迷失视线的纯真心灵，譬如这世间那么多的温暖与悲凉，伤痛与希望。

心灵卷

黑暗中的花香

一天有一半时间被黑夜占据，人生中有一半时间要在黑暗中度过，在黑暗中，阳光沉睡，心灵却在逐渐苏醒，那些阴影里，有一些花香弥漫，也有一些梦境浮现，但最终，它们都将归于心灵的花园。是的，每个人的心中都有一座花园，繁花锦簇、异彩纷呈。

黑暗中的花香

他在五岁那年失明，世界变得混沌而黑暗，起初，他并不知道究竟发生了什么事，不停地问母亲，为什么那天睡醒之后，就总是黑夜呢，为什么不打开灯？

等了许久，母亲才告诉他，他的头顶有一块可恶的乌云，它挡住了太阳公公和所有的灯光，不过不用害怕，虽然不能见到光明，但是乌云挡不住太阳散发出的温暖，只要用心感受，就会感到世界还是暖洋洋的。

他听得似懂非懂，却突然雀跃了起来，妈妈没有骗我，天上真的有乌云呢，刚才有雨滴落在我手背上了。

回答他的，是母亲温暖的怀抱，只是母亲的身体却微微颤抖着，紧接着有更多的雨滴落在他的手背上、脸颊上、头发上，那雨滴咸咸的、涩涩的，那是母亲的眼泪。

父母减少了带他外出的次数，每天感受着无边的黑暗与细微的温暖，孩童心性的他渐渐相信了母亲的说法，或许从此在这个世界上，太阳再也不会穿过乌云的包围了，但是只要有温暖，心就不会冷的。

在黑暗中，他的听觉变得异常灵敏，甚至能听到一朵花开放的声音。有一天，他听到角落中传来细微的“噼叭”声，于是摸着墙壁走到了角落，他伸出手轻轻触摸过去，发现那儿有一盆植物，一股温润的香气随着他的触摸在空气中弥漫开来，那是一种淡淡的无可名状的味道，像是光明的味道。

母亲告诉他，那是一盆菊花。从此后，他爱上这盆菊花，在他的卧室中，这似乎是唯一有生机的事物，触摸它的枝叶，会感到凉润沁心，聆听花开，则会在心中打开一扇门，恍惚中，会有一束光注入他黑色的脑海。

一切都在平静中行进着，黑暗的世界没有喧闹，时光流逝也静寂无声，他渐渐顺从了黑暗，没有了最初的恐惧，反而变得有些依恋起来。

不知过了多久，有一天，父母突然一同来到他的卧室，不知为何，他有些惊慌，感觉告诉他，今天一定有事发生。果然，父母告诉他，他要上学了，那个学校很好，虽然仍然黑暗，但却充满了花香。

当他随着父母跌跌撞撞地走出家门、听到大街上车水马龙的声音时，他的身体变得僵硬起来，他感到强烈的阳光照射在自己身上，温暖又有些燥热，令他平静的心剧烈地跳动起来。

他进入了一所盲人学校，果然如父母所说，这里充满了淡淡的花香味道，在穿过一段坑洼不平的林荫道时，他能感受到阳光忽明忽暗，忽而燥热忽而凉爽，连忙紧紧握住父母的手，他害怕自己会迷失方向。

那一天，他不知走了多少路，但说来奇怪，他竟然一点也没觉得累。后来，他来到了一个陌生的房间，然后，他听到了一个温柔的声音在叫他的名字，你好，请坐下吧。

他坐了下来，父母不知何时松开了手，他无所适从地四处摸索着，突然摸到了一个四四方方的桌子，这时他嗅到了一股熟悉的花香，寻着花香探去，果然，家中角落里那盆菊花被放在了桌子的一角，在熟悉的花香环绕下，他的心渐渐平静了下来。然后，他听到四周传来了他异常熟悉的声音，那是一种呼吸的声音，只有身处黑暗之中的人才会那样呼吸，细微、悠长、平静、舒缓，带着一股睡梦般的味道。

那是一所盲人学校，在这里，他遇到了很多与他一样身处黑暗的年轻人，他学会了许多黑暗中的生存方法，他学会了打开水、洗衣服，可以沿着扶手走很长的路，可以在学校各处的大石头上找到路标走向目的地，他还学会了盲文，可以用修长的手指阅读书籍，他甚至可以在操场跑道上与人赛跑，在那个泛着青草香味的操场上，跑道的一边装了两条钢索，钢索上套了几个金属的套筒，赛跑时，他用一只手抓着套筒，就可以沿着直线全速奔跑，不会撞到其他人。

他长大了，有了很多朋友，学会了很多东西，渐渐地，他觉得黑色不再是单调而封闭的，相反，黑色是深邃而包容的，似乎包容着其他所有的色彩。他热爱上了生活，感受到了生活的温暖与另一种源自灵魂深处的光明。

在盲校里，每天的课程很多，但他每天都会雷打不动地侍候桌上的菊花，老师告诉他，这种菊花叫作墨菊，虽然朴质无华，却端庄稳重，在花的世界里，墨菊惬意舒缓、洒脱娴静、隽永鲜活、醇厚如酒，将其融汇到心境中，会凝聚起一份自然天成，飘逸出一份清绝品格。

他听得悠然神往，心中暗暗下了决心，自己也要做一朵墨菊，在黑暗中散发出淡淡的花香，把平凡的生命沉淀成一杯醇香的酒。

被春天遗忘的角落

在他的记忆里，春天像一个梦一样遥远而缥缈。

在那个封闭而又繁忙的小县城，他出生在一个终日不见阳光的小胡同里。他不明白，为什么父亲要把房屋向阳的一面砌成墙，连一扇窗也没有留下，从小到大，他都在阴暗的背阴处成长，所有的温暖似乎都不曾光顾他的身体，无数次他想冲出这个牢狱般的家，但是每一次成功的逃离之后，他都会沮丧地发现，那时正是午夜，家外的世界似乎更加冰冷，而且黑暗中似乎有一种他无法对抗的力量，他只得悻悻而归。

但他还是能隐约地听到春天，每年的一些时候，窗外的孩子们都会大声呼喊，春天来了。那一刻，他似乎能听到行道树上碧绿的叶子在歌唱，它们唱的是一首关于成长的歌，他还能听到无数的声音，那些声音的主题是唯一的，成长。在春天的阳光下，所有的生命都在茁壮生长，除了他。在阳光的滋润下，所有的生灵都比他幸福。

他从小就是个沉默的孩子，这一点，没有人比父亲更加了解，父亲几乎不跟他说话，那个黝黑的父亲，总是带着一身的汗珠子回到家里。在他的认知里，父亲总是在刺伤他的心，因为他知道，父亲的黑脸膛是被阳光晒的，他的一身汗珠子也是被阳光浸润而出的，父亲似乎笃定他无法在春天里漫步，无法享受阳光的恩赐，所以总是把一身阳光展示在他的面前，虽然父亲被阳光肆虐过的身体有一股难闻的酸臭，但仍然令他向往不已。

母亲与父亲有所不同，她总是陪着他待在家里，在这个大门朝北的怪异房间中相伴度日。小时候，母亲喜欢对着他说个不停，但他的目光却总是定格在那面向阳的墙上，对母亲的唠叨熟视无睹，久而久之，母亲不再对他说话了，她喜欢上了自言自语，但是他总感觉，母亲的自言自语似乎也都是在对他而说，尽管从来也得不到他的回答。

十岁的时候，父亲教他学会了认字，那似乎是他出生以来最快乐的时光了，那些方块字建造了一个神秘的世界，令他有了倾诉的地方，他也从那个世界中找到了一些寄托与思索，但他依然无法走出家门，这常常令他沮丧不已。

十五岁那年春天，父亲母亲终于带他走出了家，他们给他全身蒙上厚厚的黑布，但他仍然能够感受到温柔的阳光，那阳光暖暖的、柔柔的，像他童年时代母亲拂过脸颊的手。取下黑布之前，母亲让他闭上眼睛，他没有听母亲的，取下黑布的一瞬间，他的眼睛被光线刺得像针扎一样疼，他紧紧闭着眼睛哭了，等他睁开眼的时候，发现父母已经哭着抱成了一团。

从一位陌生医生那里，十五岁的他终于知道，自己是个与众不同的人。他患有一种罕见的先天性皮肤病，不能晒太阳，对许多物质都过敏，所以父母不允许他随便出门，为了看护他，母亲辞去了工作，父亲则兼着好几份工作，终于在他十五岁的时候，全家凑齐了一笔钱，带他来到了医院。

从医院回家后，他不再盯着那面阻隔阳光的墙，他喜欢上了读书，他让母亲为他买来很多书，没日没夜地看。有一天，母亲惊奇地发现，他在一个小笔记本上写下了很多字。母亲惊喜地看着那些字，怔怔地掉下泪来，多久了，他没有和母亲说过一个字，但是，这些如蚁群般密密麻麻的字预示着，他已经有了表达内心的渴望。

一年之后，那些蚂蚁般坚强的字第一次变成了铅字，接下来，署着他名字的文章开始大量出现在了一些报刊上面。

时至今日，母亲仍然为他留着那些笔记本，上面的字不算很美，但是很有力量，它们像蚂蚁一样坚强，带他从人生的冬天走入内心的春天。

是的，那些奇妙的方块字帮他找到了春天，但仍然无法感受春天温暖的他曾在一篇文章中感叹，原来这个被春天遗忘的角落竟能够自行孕育出一个春天。

是啊，无论多么明媚的春天，总有一个角落让它视而不见，那是个缺失温暖的地方，也是个孕育温暖的地方，因为那个角落里的生命知道，那个属于他一个人的春天，就藏在自己曾经冰封的心里。

一株草的幸福

从小就有人在他耳边不停地说，长大后要做一棵参天大树，华盖葱茏，浓郁苍劲，只有这样，才会被众人仰视与赞美。起初，他圆睁着懵懂的眼睛，不知该如何作答，后来，他开始下意识地点头认可，最后，成为一棵参天大树便成了他潜意识中的一个目标。

为了这个目标，他放弃了与同龄人一起游戏的快乐无忧，放弃了在母亲怀中撒娇邀宠的肆意妄为，放弃了许许多多五颜六色的梦。他的世界里只剩下了一样事物，那是一株高不可攀并且遥不可及的巨树，闪烁着令人惊悸的光芒，他一刻不停地向巨树奔跑着。在奔跑的过程中，有一个声音在不停地对他说，只要一直努力，你就一定会长成一棵这样的巨树。

四岁时，他已经认识了上千个汉字，能背诵上百首唐诗；七岁时，他破格升入初中，和一群比他高两个头的同学一起坐在明亮的教室里读书学习；十一岁，他成为县城最小的重点高中的学生。光环与赞美一直在他身边环绕着，人们不约而同地认定，这个瘦小沉默的孩子一定会成为这个小县城里最有出息的人。

进入高中后，他第一次远离了父母，久违的有些陌生的自由让他变得有些无所适从，每天他要自己打饭、自己洗衣服、自己安排每天的学习计划。这时，他才沮丧地发现，原来自己根本没有什么高人一筹的地方，甚至比别人要差许多，虽然同学们都在帮助他，但他们看自己的目光总是有些怪怪的，让人很不舒服。

他第一次发现了自己的与众不同，并开始思考一个问题：为什么自己一定要去做一棵参天大树呢？大树真的快乐吗？

这个问题让他变得更加沉默。为了寻求答案，他经常忘记去食堂吃饭，并开始失眠，变得无精打采，学习成绩一落千丈，身体也出现了问题，终于在升入高中的第二年办了休学手续。

这时，他终于发现了一个令自己心惊胆战的秘密，原来自己只是一株再普通不过的小草，并不比别人聪明，所谓的成绩其实是用快乐与自由换取的。现在，自己虽然仍在努力生长，梦中那株参天巨树却似乎正在一刻不停地远去，但是自己对这棵树竟然没有了一丝留恋之情，甚至对它远去还有了一种莫名的快意。

休学之后，是漫长的治疗与调整，从恐惧、彷徨到平静面对，他用了整整三年时间。再次回到学校，他发现，自己身边有了一群同龄人，自己再也不是孤独的一个人，虽然成绩并不算顶尖，但他的脸上却慢慢洋溢起了笑容。

高中毕业，他勉强考取了一所大专院校，此时，父母对他的期望早已从成为一棵参天大树变成了做一株自食其力的小草。但奇怪的是，褪去了光环的他却变得快乐起来，每天都会在篮球场上驰骋，还参加了学校的文学社，最重要的是，他还交了一大群朋友，朋友们都很喜欢这个眼睛灵动、快乐开朗的同学。

他终于明白，如果成为一棵众人仰视的树要付出透支生命与快乐的代价，那么做一株真实的小草其实才是最幸福的。

比梦更遥远的地方

她是个爱做梦的女孩，常常为了一个光怪陆离的梦而沉溺许久，色彩缤纷的梦境让她的心仿佛也绽开了美丽的花朵，但是在梦醒之后，她却要面对冰冷的现实，她面前的世界是如此安静，像一块没有生命的石头，虽然也有一些人匆匆地走来走去，却无法在她心中激起一丝波动。

因为她的世界是没有声音的，她是一个聋哑人。每当看到别人兴致高昂的高谈阔论，她总是一脸黯然地回到自己的小屋，静静地躺在粉红色的小床上，祈祷着自己能早一点进入梦境。在梦里，她是美丽而自信的公主，可以与一株青草谈话，可以与一只飞鸟唱歌，可以听到所有美好的声音，在梦里，这些声音清晰而动听，常常让她笑个不停，但是一旦梦醒，它们就会立刻烟消云散，只有一丝模糊的感觉挥之不去，萦绕心间经久不息，让她不知该如何面对。

她的童年，就在一个个美好的梦境中度过了，她每天用于睡眠的时间超过十个小时，几乎每一次睡眠都会做梦，每次与梦作别时，她总怀有深深的失落，在潜意识里，她渐渐明白，梦看似触手可及，却实则遥远而深邃，如一抹天际的流云般可望而不可即。

父母并不知道她的梦境，他们深深怜惜着这个安静如天使的女儿，他们想，如果她不聋不哑，她一定是这个世上最美丽最乖巧的女儿，但是这一切都被命运颠覆了。

在走过全国所有的大医院之后，父母对她的康复不再抱有希望，他们庆幸的是，上天还为自己的女儿留下了一双清澈的大眼睛，让她能看到这个世上的色彩，让她能行走在广阔的人世。但是，父母不知道，支撑女儿走过人生的，还有一些无法形容的梦。

七岁时，她去了一所聋哑学校，在那里，她遇到了许多与她一样的孩子，他们同她一样不会说话，也听不到别人说话，但他们有一个共同点，那就是喜欢做梦。但是很快，她却惊恐地发现，有许多同学都在做着噩梦，当她从梦境中醒来后，常常看到一些同学在被窝里轻轻抖动，当被子掀开，她就会看到被泪水打湿的床单被褥，看到哭得双眼通红的同学，那一刻，她害怕了，她害怕自己的梦境也会变得那么可怕。

后来，陆陆续续有一些人来到了学校，那些人带着怜悯的目光来看望学生，给她们送来了许多小礼物，还陪她们一同玩游戏，但是不知为什么，她却感到了一阵阵寒意，因为从那些人的目光里，她感到了自己的与众不同，这种异样的感觉让她对自己的梦产生了怀疑。

十岁时，她第一次做了噩梦，她梦到一些可怕的闪烁的目光冷冷地凝视着她，她看不清那眼光背后的面孔，但她感到了自己的无力与软弱，那天，她在午夜时醒来，就再也没有睡着，她看着窗外冷清的月光，第一次感到了那些美好梦境的渐行渐远，而取而代之的是比现实更为冷酷的噩梦。

她陷入了慌乱，再也无法安静下来，当她打着零乱的手语告诉老师她想回家时，她知道，自己再也不可能与那些美好的梦境为伴了，有一些可怕的事物已经不可避免的侵入了内心，自己必须想办法寻回那些梦，还有那些比梦更为遥远的事物：童真，快乐，憧憬与希冀。

回到家之后，她开始搜寻自己的梦境，她用稚嫩的笔迹记录下那些不易捕捉的片断，并把自己的思想记录在上面，短短三个月时光，她竟写下了两本笔记。她发现，通过写字，她能让心绪再次平静下来，并逐渐有了一丝面对的勇气。

再次回到学校后，她有了记录梦境的习惯，不管是美梦还是噩梦，她都力求尽可能完美地用文字重新呈现出来，在记录梦境的过程中，她渐渐有了面对那些或美好或可怕的梦境的勇气，这种习惯一直延续到她考上了一所大学。

聋哑人考上大学的消息让她成了名人，在与一位记者用笔交谈了整整一个下午后，记者流泪了。她用笔告诉记者，自己一直在追寻那些遥远的梦，但随着年龄的增长，梦境也越来越少了，这时她才发现，原来，还有些比梦更遥远的事物，自己隐隐觉得，它们才是自己一直寻求的事物，经过与梦境的不断对话和不断思索，她终于发现，原来那些更为珍贵的事物就藏在自己的内心深处，主宰着自己的心，那就是一个人活着的尊严。

她流着泪写道，因为不敢面对自己的内心，它们与自己的距离比梦还要遥远，而现在，自己终于可以平静地面对自己的人生了，当找回这些比梦更遥远事物的那一刻，自己才真正成为了梦中那个完美而高贵的公主。

下在心里的雪

他总是固执地认为，在自己漫长的生命中，一定有这样一场雪，它深藏在记忆的角落，氤氲着朦胧的寒意，每当自己被尘世的生活煎熬得疲惫麻木时，它就会悄然而至，轻轻地为自己擦拭去灵魂中的尘土。

他觉得，这场雪，是下在自己心里的，它将一颗心细细包裹，仿佛一只白色的纱巾在包扎一道战栗的伤口，它温柔而细致，把丝丝凉意渗入躁动的伤口，化作滋养生命的水，让生命回归到懵懂的最初。他一直想看清这场雪真实的模样，但他却没有想到，从对心中的雪有了模糊的认知，到最终清晰地感受到它的存在，自己竟然等了整整一生的时间。

这场雪最初的感觉似乎是来自童年，某一场凛冽的寒风中，母亲轻轻拥着他入眠，他在午夜醒来，发现母亲用薄薄的被子把他包裹得严丝合缝，她还用带着甜香的身体紧紧搂着他，他有些热了，刚想挣脱母亲的怀抱，突然发现，母亲长长的睫毛上有一丝淡淡的雾气，她皱着眉头，仿佛在睡梦中仍在抵御着窗外的寒风，他这才发现，母亲把被子都让给了自己，她有大半个身子露在了外面，他伸出小手，轻轻触碰母亲睫毛上的雾气，就在那一瞬间，他的指尖被一丝冰凉击中了，它沿着手指进入了他的身体，悄悄地躲入了某一个角落。

多年后，他确信，这便是那一场雪最初的萌动。

少年时，他喜欢上了看星星，特别是冬天时，天空的星辰明亮澄澈，常常引得他流连忘返，就在看星星的过程中，他发现了一个与自己同龄的她。令他欣喜的是，她也在仰望星空，并与他一样的专注而忘我。他们成了好朋友，同看了三年的星星，直到有一天，她告诉他，她要随父母去很远的地方生活，据说那里的楼高得看不见星星。那一晚，他们最后一次看星星，他们看到了一颗很大很亮的流星，它划过天空的流痕深深地印在了他的脑海，同时印入他脑海的，还有她用纤细的手指在天空划过流星痕迹的样子，恍惚中，那颗流星仿佛已从天空走入她的手中，又从她的手中走入了他的心里。那颗流星怒吼着，燃烧着自己的身体，灿烂地绽放成了一朵六角形的洁白花朵。

一场雪就这样在他的心里悄悄堆积着。

大学时，他有了一次刻骨铭心的初恋。那个长发披肩的女孩，从一场漫天飞舞的风雪中向他走来，又在两年之后离他而去，走入了另一场迷迷蒙蒙的雪中。虽然以雪为背景的爱情似乎俗不可耐，但他却在其中找到某些隐秘的偈语。风雪中似乎有个声音在对他说，下在心里的雪，能解开你人生中所有的疑问。

他迷惑了，与相爱的人无奈分离，他心中除了悲伤，更多的还是疑问，于是他潜下心来，追寻心中那一丝雪的痕迹。

他惊奇地发现，母亲睫毛上清凉的雾气变得那么清晰，与他同看星辰的女孩面目却已逐渐模糊，而初恋时那两场相遇又分离的雪其实并没有什么不同。他隐隐感觉到，心中的这场雪正在试图向他诉说着些什么，但他竭尽全力却仍无法听清楚。

毕业后，他很快融入凡俗的人世，奔忙于工作与家庭的琐碎之中，时光的指针也仿佛被拨快了速度，他觉得每一天都在飞速地逝去，却留不下半点痕迹。

他进入中年，步入老年，经历了得子之喜，经历了丧母之痛，经历了婚姻的触礁搁浅，经历了爱情的跌宕起伏，人生辗转，喜悲无常，心中的那场雪似乎也进入了深沉的睡眠。

突然有一天晚上，垂垂老矣的他午夜梦回，听到了窗外呼号的北风，刹那间，一股悲怆的情绪如鲠在喉，他想起了母亲最初睫毛上的那丝凉意，这么多年过去了，那种感觉依然如此清晰，他想起了那个看星星的女孩停留在虚空中比划流星痕迹的手，他想起了带走他纯真初恋的两场雪，他又想起了很多很多。

清晨时，他拉开窗帘，发现窗外下了好大好大的一场雪，他笑了，这个夜晚，在他的心里，同样下了一场涤荡污垢清洁灵魂的大雪。他知道，在经过漫长的等待与遗忘之后，这场雪已被时光剥落了声音与重量，只余下了无边无际的洁白，但这洁白拥有着包容一切的力量，它已经微笑着接纳了整个世界，和他平凡而温暖的一生。

白纸上的秋天

七岁时，母亲给他做了一支画笔。这是一支精致无比的笔，用一小节柳枝削刻成笔杆，用一段红色蜡烛削尖粘贴成笔尖，虽然外形不好看，但他却视若珍宝。从此，在这个小小的山村里，到处都会留下他涂鸦的痕迹。

没有人教他该如何去画画，但他却画出了无比神似的事物，墙角的小鸭子，青石上的小鱼，水井辘辘上的小花，都被他涂绘得栩栩如生。

有一天，一个路过山村的画家发现了这些稚嫩的痕迹，他被这些略显笨拙却独具韵味的画作震惊了，立刻向人打听这位小天才的家。那天，只有他的母亲在家，当画家走入他的家，看到徒留四壁却被涂满了童真画作的家之后，画家哭了，他要留下钱，被母亲婉言谢绝，于是画家留下了一张大大的白纸，并在背面留下了自己的印章和联系方式。

画家说，随时可以来找他学画，只要拿着这张纸就行，但前提是，在这张纸上，他希望看到一个不一样的秋天。

其时正是秋天，霜林轻染，云高风淡，正是这美好的秋景吸引画家来到了这里。画家离开后，母亲默默地收起了白纸，这是一张上好宣纸，洁白素淡，散发着淡淡的香气，就像这大山中的小村落一样安详静好。

他回家后，母亲取出宣纸，告诉了他画家来访的事，他欣喜若狂，立刻开始在纸上绘画，很快他沮丧地发现，自己的“画笔”并不能在这张纸上留下任何颜色，因为蜡笔不是水墨，自己费力地涂绘只能让这张纸变得皱巴巴的。

但是，如果不能绘制出秋天，自己就不能走出大山，去实现画家的梦想。于是，他开始想办法在这张白纸上留下痕迹。他采集鲜红的枫叶与金黄的菊花，用它们的汁液调制水墨，一次次的失败没有让他沮丧，渐渐地，他摸索出了一些方法，终于在宣纸上留下了一缕淡黄，接下来，他开始用母亲做的“画笔”在宣纸上画秋天，但此时，他发现这张纸太小了，自己想画的事物有很多都无处安置，于是他开始思考怎样才能画出一个完美的秋天。

三年后，十岁的他在母亲的陪同下来到了城市，找到了画家。此时的画家几乎已淡忘了自己的承诺，他的画室受到了严重的冲击，早已是入不敷出，不得已之下，他只得靠贱卖画作生活，早已没有了当初四处游历采风的情趣。

画家很想随便找个理由打发走这对母子，他打开宣纸，心中打定主意，无论看到任何水平的画作，都会以水平太低为由拒绝教授。但是，在宣纸完全打开的一瞬间，画家呆住了，他居然没有看到任何色彩，在他面前只有一张白纸，他翻开纸的背面，自己的签印与字迹却清晰在目。

在他疑惑的目光下，那个蓬头垢面的小男孩取出一只奇形怪状的画笔，中年妇女则取出一只破损了边的大碗，碗被几块木头分成了几格，格中有五颜六色的液体，男孩小心翼翼地用画笔蘸上彩色液体，在宣纸上画了起来，转眼间，一幅令人惊奇的画便完成了。画面上，有一枝金黄色的麦穗，还有一片随风飘落的火红枫叶，叶子即将覆盖在麦穗上面，却被画笔定格住了，这一静一动的事物透露出了强烈的秋天的气息，令画家目瞪口呆。

还没等画家开口，中年妇女放下了随身带着的一个大篮子，说：“谢谢您留下这张纸，村里没啥好东西，我和孩子上山挖了些山药，您留下吧，我们要回去了。”

画家被这始料未及的一幕惊呆了，竟忘了该去挽留。良久之后，他才回过神来，急忙追出家门，想去找这对母子，却发现他们早已踪影全无了。画家回到家里，看着桌上的白纸，突然发现纸上的画作消失了，桌上只剩下一张白纸。

他明白了，一定是自制的水墨颜料太少，在画完后被宣纸吸收了，让纸又变成了白色，但是白纸上那个令人心动的秋天却被画家牢牢记在了心里。

从此后，画家发奋图强，苦练画技，终于在十年后功成名就。成功后的第一件事，他就是跑到大山里找这对母子，但是，他却被告知，这对母子在十年前就离开了，他们并不是这个村子里的人，只是很多年前流浪至此的。

画家没有放弃努力，他想尽各种方式找寻他们，终于在城市的一角找到了他们。在当面向他们致谢后，那个已经长成青年的小男孩对他说，其实，自己要感谢画家，是他留下的一张白纸承载了自己的理想，指明了自己的方向，在绘制秋天的过程中，自己历尽艰辛，却明白了一个道理，只要努力，许多看似不可能的事情也会不再遥远，而这个努力的过程才是最令人享受的，至于最后的结果如何，反而变得不再重要了，而正是这份勇气，让他和母亲走出了大山，并在历尽艰难后在城市扎下了根。

画家还得知，当年在进城见到画家之前，母亲就已知道了画家的近况，所以他们才会留下白纸告辞而去。母亲说，这样做其实也是想再把这份希望留给画家，让他重新振作起来，因为生活的苦难虽多，只要心中有一份希望，就一定会有云开日出的一天。

明白了来龙去脉，画家哭了，他要教男青年画画，却被他婉言谢绝了。他说，自己现在有一份不错的工作，早已放下了绘画，只是那支母亲做的画笔一直珍藏着。其实，生活并非只有一条路，只要心中有希望，白纸上也能收获到一个丰收的秋天。

告别这对母子后，画家回到家，将那张白纸郑重地收藏起来。他告诉自己，这张纸将是他一生珍藏的宝贝，因为纸上有一个令他终生难忘的秋天。

陌上有云初长成

一

第一次见到田晓芸时，她正在一片稻田间奔行，嫩白的小脚丫在浑浊的泥泞中沾染上了点点黑黄，一旁的水塘中倒映着几朵白云，稻田中逐渐葱茏的稻苗映衬着她天真的笑脸，构成了一幅极其静谧又极富动感的画面。旅行至此的我心头一震，急忙取出相机，调好焦距按下快门，记录下了这美好的一幕。

这时，田晓芸跑到了我的面前，她好奇地盯着我手中的相机，清澈的大眼睛里满是疑问。

我问她：“小姑娘，你叫什么名字？”

盯着我翕动的嘴角，田晓芸的眼神逐渐变得迷茫起来，过了良久，她突然“啊啊”地叫了起来。

我心头一颤，这么美丽纯真的一个小姑娘，竟然是一个聋哑人。

随后，我跟着她去了她的家，那是一个篱笆扎就的院落，不知名的野花遍布每一个角落，却挡不住贫穷与苦痛的如影随形。她的母亲告诉我，田晓芸今年六岁，在一岁时因为一场重感冒而变成了聋哑人。

二

第二次见到田晓芸，距离第一次看到她已经过去了五年。五年间，我从一名怀揣理想的学生成为了一个四处碰壁的求职者，再次来到这个江南小镇是因为公司的一笔业务。

那一天，鬼使神差地，我走入了乡村深处，来到了五年前那个留给我美好与心痛的稻田面前，我一眼就看到了田晓芸，她正在陌上仰首看云，长发随风微微荡起，嘴巴轻轻抿着，脸颊上有一抹温柔的光线，十一岁的田晓芸变得更加美丽了，但这美丽中却多了一丝清冷，我无法看到她仰视的目光，只能依顺着她的目光向天空望去，那天的天空色彩分明，蔚蓝的天空飘着洁白的云朵，丝丝微风变幻着柔弱的白云，刹那间，我因四处碰壁而焦躁不安的心平静了下来。

我取出随身携带的相机，拍下了这一幕，时隔五年，这个令人无限怜惜的小女孩带给我心灵的冲击却有增无减。

我来到田晓芸面前，她居然还记着我，冲我微微笑了一下，但是我却看到，她望云的眼睛里有着遮掩不住的忧伤，她示意我在一旁的空地上等她，然后，她挽起裤腿走入稻田，顶着剧烈的阳光把两亩地中的稻苗逐一扶正、松根、拔节，很快，晶莹的汗珠顺着她光洁的额头落入了稻田。

一小时之后，田晓芸带我回到了她的家，我看到了她瘫倒在床的母亲，两年前，她因腰椎间盘突出没有得到及时治疗导致病情恶化，最终瘫痪，田晓芸的父亲一直在南方打工挣钱，照顾母亲与稻田的重任就落在了田晓芸身上。

我在田晓芸家待了半个多小时，谢绝了她母亲留我在家中吃点饭的邀请，在走之前，我悄悄把身上所有的钱都压在了田晓芸为我端来的果盘下面。

三

第二次从田晓芸家走出后，我仿佛脱胎换骨般变了一个人，求职的困难、生活的逼仄都变得不再那么艰难，我在一家报社找到了一份稳定的工作，每当遇到困难与失意，我眼前总是浮现出田晓芸昂首看云的情景，我知道，她是在天空的白云中寻找生命的寄托。

我开始定期给田晓芸寄钱，令我欣慰的是，这些钱从来没有被拒绝过，这也让我更加努力地去工作。我想，或许这个当时只有十一岁的孩子并不知道，帮助她已成为支撑我努力奋斗的动力源泉。

但我一直没有再去见她，我总觉得，我与她的相逢应当不是一种刻意的安排，那更像是一种斩不断的缘分，冥冥中自有约定。

四

前不久，刚刚迎接儿子降生的我意外接到了一个电话，是一个嗓音混浊的男声："您好，是石先生吗？我是田晓芸的爹爹。"

因为他的方言味道极浓并且嗓音混浊，我费了很大劲才听懂他的话，心头一惊的同时，我不自觉地计算了一下，竟然又是五年没有见到田晓芸了。田晓芸，已经十六岁了。

她的父亲告诉我，自从开始收到我寄来的钱，他就从南方回到了家里，照顾妻子和稻田；田晓芸用这些钱上了一所聋哑学校，学会了写字、画画、跳舞；她知道那些钱是你寄来的，她曾经寻着寄钱地址的蛛丝马迹来到过我工作的报社，远远地见到了我，但是并没有打扰我；现在之所以打电话给我，是因为她已经长大了，她想送我一幅她自己画的画。

放下电话，我笑了起来。不久后，我收到了一幅寄自一所聋哑学校的挂号信，里面有一张信纸、一幅画和一张工整的欠条，田晓芸告诉我，她不再需要我寄钱了，她会把钱还给我的，那幅画是送给我的礼物。

我打开画，发现那是一幅陌上图，图画上有一片大大的稻田，陌上有一个年轻人举着一个相机，面露微笑地正在按下快门，对面是一个小姑娘抬着头看天空，天空中点缀着几朵白云，与稻田中倒映的白云相映成趣。

看着这幅画，我笑了，我知道，我终于成为了那幅美景的一部分，不论这沧桑的尘世如何辛酸与疼痛，因为这幅真心的图画，一切都值得了。我取出那张欠条，把它撕成了碎片，然后在心中默默对那个在陌上看云的小女孩说，谢谢你，你终于长成了一朵白云，你不知道的是，这些年来，我也如你一样，是那个在一直看云的人，心中有着与你一样的憧憬与祈祷。

最近之处是天堂

虽然出身农村，但他的理想却是当一个旅行家，像徐霞客一样游遍神州，大学毕业后，他放弃稳定的工作，放弃了娶妻生子的凡俗道路，背起旅行包，义无反顾地踏上了漫漫长路。

在旅途中，他边打工边行走，尝试过许多工作，也遇到了无数的人与事。起初，他与人谈及自己的理想，但人们总是用怀疑的目光注视他，几乎没有人认同他存在的意义，渐渐地，他不再喜欢与人交流，而是让心灵融入了风景之中。

除了迷恋山水，在旅途中，他排解孤独的另一个方法就是读书，他的读书有一个过程，起初读的是令心灵澄澈的名家游记，《文化苦旅》《鲜花中的废墟：安达鲁斯行记》等，渐渐地，又迷恋上了异国风情的小说，《挪威的森林》《不可承受的生命之轻》《肖申克的救赎》，后来，他便只读哲学类的书籍，像《苏菲的世界》《存在与虚无》，随着读书的不断深入与路途的不断延展，他的心中渐渐形成一个清晰的念头，要寻找一个类似天堂的地方，这地方也许并不美，但肯定会让他感动，这地方也许并不大，却能包容他的一切，这地方或许永远也找不到，但他坚信它一定存在着。

此时，他已年届三十，还孑然一身，除了心中那份悠远的理想，再也不盈一物。他四处寻找着心中的天堂，却总是改变不了它模糊的样子，他开始主动与人交流，并拜访了很多寺院和学堂，想找到一个能解开他心中疑问的人。

三十五岁那一年，他来到了贵州山区的一个小村子，这个小村子贫穷之极，村民们每天要到三十里外的地方挑水用于日常所用，鬼使神差地，他跟随一个老人一起走了趟山路，并帮他挑了两桶水，在返回村子的路上，老人与他闲聊起来。

老人说："我挑水挑了二十多年了，其实，我们这里有政府的送水车定期送水，但我还是喜欢自己出门挑水。"

他听了有些惊奇，问："为什么？"

老人说："开始时，我总盼望路能短一些，这样我就能早一步到家了，但后来，我发现这不可能，于是我开始在途中找些事做，或是唱唱歌，或是顺道拔些草药，渐渐地，我就觉得路不再那么长了。可是现在，小伙子，我却有了另一种感觉，我希望这路越长越好，因为挑水时我离家虽然很远，但行走时却会离家越来越近，我很享受这种回家的感觉，我很珍惜在外的时光，我虽然离开家，但做的每一件事却都是为了家，这会让我在回家的路上感觉充实与快乐。你看，我在途中多采些草药，多听些笑话，回到家才能给家人带去更多的快乐。"

他听了老人的话，突然心中一亮，问："大叔，我想问你一个问题，你觉得对你而言，最重要的地方是哪儿？它离你远还是近？"

老人笑呵呵地说："最好的地方，当然是家了，而且，它永远是离我最近的，因为，它就在我心里嘛。"

他恍然大悟，情不自禁地加快了向前的步子，老人在他身后焦急地喊道："小伙子别跑这么快，是想家了吧？那就别挑水了，放下就行。"

他没有言语，一直把水挑到老人家里，这才告辞出来，然后用最快的速度到了当地的车站，辗转倒车，于第二天中午回到了家里。

一路上，他体会到了老人所说的那种感觉，觉得有一种想倾诉的愿望正在胸中充盈，原来，他最想与之分享的就是那一辈子未曾出过远门的父母。

他终于明白了一件事，原来自己立志做一个旅行家，正是源于父亲嘘叹着从没踏出过小山沟，正是源于母亲叹息着从未读过那么多书，那个藏在心中的理想，原来就是父母种下的一粒种子，现在他要把这粒种子结出的果实还给他们，想着想着，他仿佛已经看到父母见到他归来时的喜悦模样了。

有很多人会问，天堂究竟在何处？其实，最近之处即天堂，至于最近之处是何处，试问一下，还有比家离你更近的地方吗？它一直都在每个人的心里。

彩虹的声音

一场突如其来的眼疾，让他在二十二岁时失去了视力，流光溢彩的人生舞台骤然坍塌，置身于无边无际的黑暗中，他感到从未有过的无助与无力。

失明后的第一个夜晚，午夜梦回，他习惯性地按下床头的台灯开关，却触电一般僵木良久，那一夜，他无声啜泣直到天明，却再没有一束阳光探头而入将他唤醒，他终于明白，自己的生活再也没有五颜六色，人生只余下了沉重的黑色。

他拒绝了母亲所有关于出门的建议，每天躲在自己的小屋里自怨自艾，时光无情地流逝，他的灵魂之花也在战栗中渐渐枯萎。

第一次出门是一个夏日的午后，因为办理盲人证必须本人去拍照，他拗不过母亲只好勉强答应前往，出门之前，母亲特意为他刮了胡子，又把乱蓬蓬的头发仔细梳理一番，他木然承受着这一切，除了感觉母亲的手似乎比从前更为粗糙之外，他并未觉察到有什么不同。

室外的空气有些湿润，母亲告诉他刚刚下过一场雨，他点点头，脑海中浮现出一片白茫茫的雨景，可随后他就命令自己停止思考这些没有意义的事情。

母亲用破旧的三轮车载着他，不时需要停下来休息一会儿，母亲沉重而急促的喘息声传到耳朵里，让他禁不住一阵阵心酸，他知道，为了给他治病，家里的积蓄早已花光，对于这个父亲早逝的家来说，所有的重担都落在了母亲身上，五十多岁的母亲不得不每天早出晚归，靠贩卖一些蔬菜勉强度日。

在路上，他悄悄打定了主意，回来之后就服下那些早已准备好的安眠药。

在办理盲人证的地方，母亲安置他坐下，然后去交钱办手续，就在这时，他遇到了那件改变他一生的事情。

他清晰地记得，就在他一脸木然想象着自己服下安眠药终于能够摆脱痛苦的时候，一个天籁般的童音突然响起："妈妈，我刚才听见彩虹对我说话了。"

回答她的是一个温柔得仿佛阳光一般的声音："真的吗？告诉妈妈，彩虹对你说什么了？"

"彩虹说，它知道我看不见它，可是只要我乖乖听话，它就在我睡觉以后来陪我玩。"

"虹儿真乖，彩虹一定会来的，现在你在这儿坐着，妈妈去交钱。"

女孩妈妈的脚步声渐渐远去，他终于耐不住心中的好奇，低声问："小朋友，你真听到彩虹的声音了吗？"

女孩银铃般的笑声响了起来："我是骗妈妈的，我怕她难过。刚才来的路上，妈妈遇到一个人，那人的孩子总是说天上的彩虹漂亮，妈妈知道我看不见，怕我伤心，一路上就总是骗我说彩虹会说话，还让我仔细听，妈妈说，只有看不见彩虹的孩子才能听到彩虹的声音，彩虹的声音有七种颜色呢。"

女孩说着说着，声音突然低了下来："我一生下来就看不见，我真羡慕那些能看见的人。叔叔，你见过彩虹吗？彩虹是什么样子的？"

他心里一酸，说："你的妈妈没有骗你，彩虹真的是有声音的，彩虹的声音，就像妈妈的声音一样好听。"

女孩银铃般的笑声又响了起来："我就知道，一定是这样的。妈妈还说，只要攒够了钱，就能给我我做手术，让我能看见彩虹，可是，做一个眼角膜移植手术要三万块钱呢，不知道什么时候才能攒够。"

听了女孩的话，他的身体突然颤抖起来，他突然想起，母亲曾经对他说过，他的眼疾造成的失明其实并非无药可救，只要攒够一万块钱就能做手术。

可是，女孩明明说需要三万，他终于明白，母亲是要把自己的眼角膜给他。

在回家的路上，他不住口地和母亲说话，回到家里，他把早已准备好的安眠药扔进了床底，长长地松了一口气。

三年后，他成为一名成功的自由撰稿人，没有人知道，他的每一篇文章都是他口述由他的母亲记录下来的，时到今日，母亲的眼睛愈发明亮，而他的内心也已充满光明。

忽近忽远的心

成年之后，常常感觉心无所依，无论是喧闹的尘世，还是宁静的小家，总不能让我的心真正沉淀下来，它总在是是非非中辗转逡巡，与所有事物若即若离忽远忽近。

这时，一个久别的朋友的出现改变了这一切。那天晚上，一个陌生电话打到了我的手机上，按下接听键，礼貌而机械地道一声“您好”，电话中随即传来一个声音“我是小军”。刹那间，我的大脑短路了一下，然后便灿烂地绽放出了火花。小军是我童年的好友，一直到大学毕业后才逐渐失去了联系，其实，我们距离得并不远，但是，生活的繁琐却让我们失去了彼此联络的动力，历经过手机换号、工作调动、搬家等变故，终于彻底失去了联系。

见面之后，两人一起去了烧烤摊，两瓶啤酒下肚，两颗心渐渐热了起来。谈起这些年的种种，无非是鸡零狗碎一地鸡毛，两人感叹一番，却发现在两人看似平行的路上，竟也有过不少交集，譬如曾不约而同返回到那个承载了彼此童年时光的农场，曾在同一家医院迎接了孩子的降生，都曾喜欢在网络的某一论坛混迹，而且都穿着彼此熟悉的马甲……

那夜过后，我与朋友又是半年多没有见面与联系了，但我总感觉，我们彼此间心的距离却不再是那么遥远了。

同样的事情，也发生在与我天天见面的人身上，那是我的父母与妻儿。或许是因为太熟悉的缘故，骨血相连的亲人之间的心反而总在忽远忽近。

前些日子，父亲六十六岁寿期将至，儿子却在住院输液，一家人都把心思放在了四岁的儿子身上，心照不宣地选择了避谈父亲的生日，就连父亲自己也不例外。大家在医院中忙忙碌碌，心里没有半点祝寿的喜庆气氛。随着父亲生日的逐渐临近，一家人的心却仿佛蒙上了一层雾霭，彼此间的距离悄然拉远了。

在父亲生日的前一天上午，我和妻子、父母一直在医院照顾儿子，大家都不说话，时光在令人压抑的沉闷中缓慢前行着，突然，正在输液的儿子惊喜地叫了起来："我想起来了，明天是爷爷的生日，我要吃蛋糕！"儿子的欢呼声令我始料未及，事实上，我一直在试图寻找一个适当的机会，没有想到，打破这个尴尬局面的竟然是未谙世事的儿子。

儿子的一声欢呼敲碎了一家人心中无形的疙瘩，接下来的事情变得顺理成章，按照父亲的意思，我们把寿宴搬到了病房里，一老一少共同吹灭了生日蜡烛，儿子高兴地吃了一小块蛋糕，兴奋地小脸像绽开了一朵花，父亲皱纹密布的脸也舒展开来，一家人的心再一次聚在了一起。

静下心来，思考这两件事情，我发现，竟然是朋友与儿子点醒了自己，他们的心灵是单纯与真实的，正因如此，我才能毫无忌讳地接纳他们。从某种意义上来说，心与心之间之所以忽远忽近，其实是因为我们自己，那些浮云般的琐事为我们的心灵套上了一副枷锁，让我们的生命不堪重负，不自觉地关闭了心门，而那仅存的一丝缝隙却因为内心的抗拒而变得若即若离忽远忽近，因此，我要感谢那些纯真的心，正是他们用真诚拉近了我们之间的距离。

稻草人的影子

为了田地中的麦苗不被鸟儿祸害，父亲扎了一个稻草人，这个稻草人与父亲高矮胖瘦相差无几，便理所当然地穿上了父亲的衣裳。父亲将稻草人安置在麦田中央，或许是父亲对于鸟儿的威慑很大，穿上父亲衣裳的稻草人的作用立竿见影，鸟儿们见到它都不敢再靠近麦田了。

这个威风的稻草人引起了六岁儿子的注意，他悄悄来到了麦田中央，仔细观察着这个稻草人，他发现稻草人是用金黄色的麦秆扎起来的，在阳光下，这些金色的麦秆闪烁着醒目的光芒，微风吹来就簌簌地响个不停，仿佛是在迎风吟唱。

儿子喜欢上了这个稻草人，每天都要跑到麦田里看它，还常常与它携着手蹦蹦跳跳，金黄色的麦田中洋溢着天真无邪的笑声。幸福的时光过得很快，父亲告诉他，麦田已经成熟了，马上就要收割，稻草人的使命也即将完成了。

父亲带着镰刀走入麦田。在父亲收割的时候，儿子就站在稻草人面前，他看看远处忙碌不停的父亲，再看看眼前安然伫立的稻草人，小小的心中突然闪过了一丝亮光。

两天之后，父亲收割完了最后一把麦子，来到稻草人面前，正想收掉这麦田中最后伫立的事物，突然看到了在一旁的儿子。

儿子躲在一团阴影中紧紧盯着汗流浃背的父亲，父亲心中一动，在正午毒辣的阳光下，儿子居然找到了一丝阴凉，原来这片阴影竟然是稻草人的影子。

儿子说："爸爸，你看，麦子虽然收割完了，但是稻草人还是应该站在这里的。"

父亲笑了，他说："麦子收完了，鸟儿就不会来了，我也要去晒麦子，就不来麦田了，你也不用来了，还要这稻草人干什么？"

儿子看着父亲，一字一句地说："爸爸，稻草人穿着你的衣服，它的影子跟你的影子一样，都那么高大，你忙着干活，我只能跟它玩，我觉得稻草人就是爸爸的影子，虽然不会说话，可是会陪我玩，还能给我遮住阳光，挡住风。"

看着一脸认真的儿子，父亲的眼眶渐渐红了起来，他走上前去，把儿子拥入怀里，父子俩就站在麦田里一动不动，仿佛也成了两个稻草人，只是有意无意地，父亲高大的身体挡住了阳光，儿子偎在了父亲怀里，也偎入了父亲的影子里。

一旁，如父亲一般高大的稻草人在风中轻声吟唱着，它的影子随着阳光变幻着位置，却始终高大如初。此时，温暖的阳光洒下来，映照着整个麦田一片金光灿然。

“武大郎”也是朋友

上小学的时候，我家住在一个小镇上。当时，父亲有个绰号叫“武大郎”的朋友，他身材瘦小，衣衫肮脏，靠着骑一辆破三轮车穿街走巷收破烂为生。在小镇上，“武大郎”一直是被驱赶与厌恶的对象，他不能进小区、不能进单位，甚至连商店、医院这些地方都不待见他，只有我父亲常常会饶有兴趣地与他攀谈许久，有时还会带他回家吃顿饭。

“武大郎”当时已经四十出头了，没娶到媳妇，没有兄弟姐妹，只有一个老母亲需要赡养，他的家就在小镇不远处的一个村子里。“武大郎”没有庄户人的一把力气，种不了地插不了秧，也没有生意人的头脑，常常被人耍来耍去。好多小孩都被父母告知，不要跟这个人走得太近，因此当父亲第一次带着“武大郎”来到家里时，我心里有着一股莫名的抗拒。

这种抗拒在父亲要求我喊他“叔叔”的时候爆发了，我大声说：“他是‘武大郎’，不是叔叔！”令我意想不到的是，一向和颜悦色的父亲竟然一个耳光扇了过来，我顿时眼冒金星，停顿了好几秒才“哇”的一声哭了出来。

闻讯而来的母亲看着一脸铁青的父亲，不知该如何是好。这时，比我个头高不了多少的“武大郎”却突然凑近我，变戏法一样掏出一个红彤彤的拨浪鼓，他把鼓柄塞进我的手里，还小心翼翼地不让自己的手碰到我。这时，已经看明白发生什么事的母亲对我说："还不快谢谢叔叔！"

母亲把叔叔两个字咬得很重，似乎在提醒我这是个不容争辩的称呼。我看着手中崭新的拨浪鼓，却还是倔强地闭着嘴。这时，"武大郎"说话了："孩子这么小，别吓着他！我也该走了，还有个大婶要卖废品。"

那一天，父亲和母亲说啥也不让他走，最后他在我家吃了一顿午饭。在饭桌上，看着他一脸拘束手都不知该放哪的窘样子，我觉得有点可笑，在不知不觉中放松了戒备。

此后的日子，"武大郎"成了我家的常客，他每次都会给我带点小物件来玩。虽然他的衣服总是脏兮兮的，但他送来的东西却都擦得干干净净，有时他还会送来自家种的土豆和青菜，有一次过年，他居然送来了一只芦花母鸡。

父亲没有拒绝过"武大郎"的礼物，所以当父亲把家中用旧的电器和其他物品送给他时，他百般谦让最终还是收下了。我却知道，这其中的许多物品其实都是刚买来不久，甚至有一些是"武大郎"在聊天时不小心透露出来缺少的东西，而父亲为了让这些东西看起来旧一些，常常要去旧货市场淘换，甚至走门串户去收购。

就这样过了三四年，父亲工作单位调动，我们要搬到一个很远的县城去了，得知消息的"武大郎"第一次主动进了我家的门。他买了一瓶好酒，和父亲喝到半夜，那天晚上，我似乎第一次听到他的哭声。

搬家的时候，"武大郎"骑着他的破三轮车早早地就来了，他一趟趟地上楼下楼，大小物件搬得动的搬不动的都要搭上一把手，瘦瘦小小的身体很快就汗流浃背了，母亲让他歇歇喝口水，他只是笑一笑，却从没有碰那只倒满水的白瓷茶杯。最后，当坐上搬家车要走的时候，我看到在那些送别的人群里，这个最矮最不起眼的人一遍遍地用袖子擦着眼里的泪水。

后来，我再也没有见过“武大郎”，但是父亲曾经在闲暇的时候回到小镇上找过他。据说，父亲还专门邀了几个朋友，希望他们能帮着照顾照顾“武大郎”。

我曾经问过父亲做这些事的缘由，父亲顺手拔起身边的一根青草，对我说：“其实，我们每个人都是一根青草，有的人长着生机勃勃的枝叶，有的人只有残败枯黄的枝叶，可是无论什么样子，这青草都是有尊严的，我们必须尊重他，其实，这也是尊重我们自己啊。”

父亲一边说，一边将手中的青草放进嘴里轻轻咀嚼。那一刻，我终于明白，原来，真正的善也只是一根平平凡凡的青草，看着是那么不起眼，却只有在用心咀嚼的过程中才能体会到其中蕴含的甘甜与芬芳，或许只有拥有这样的人生，我们的生命才算是圆满的吧。

母亲的掌心

母亲的手掌心，藏着我的许多小秘密。

从记事起，母亲就告诉我，如果有什么说不出的小秘密，就写在她的手掌心，让她猜一猜，这个秘密是甜蜜的还是忧伤的，是复杂的还是简单的。懵懂的我问母亲，为什么一定要写在掌心。母亲笑着告诉我，她的手掌就像一支巨大的荷叶，儿子的秘密就是那一滴滴晶莹的水珠，水珠的美丽与忧伤只有荷叶知道，荷叶的温暖和包容也只有水珠知道。

母亲的回答让我心生温暖，于是从小到大，母亲那温暖的掌心便成了我避风的港湾，童年的好奇与幻想，少年的迷茫与青涩，青年的忧伤与思虑，一直写到了中年的疲惫与顿悟，母亲的手掌，承载了我那么多不能说的秘密。

起初时，母亲总能轻易知悉我的秘密，她会抚摸着掌心，回味一下我传递的信息，然后认真地和我聊起关于那些秘密的事情，后来，母亲抚摸掌心的时间变得越来越长，渐渐地，她对于我的秘密也变得有些不知所措了，不知该如何解答关于初恋的迷惘，不知该如何解答该选择成为一位工程师还是一位作家，不知该怎么指引我解开那些繁复无比的人际关系，到如今，母亲已经变为一位彻底的倾听者，感受着那只早已比她的手掌大上许多的手掌的疑问，她只是用微笑作答。

母亲的答案从未令我失望，她总能选择一个最恰当的方式给予我想要的答案，她知道，有时候我所需要的只是一个简单的鼓励与认可，支撑着我无悔于做出的任何选择，砥砺着我将所有的失败与伤痛砌成每一步上升的阶梯。

伴随着我的长大成人，母亲的手掌也从柔软的白云变作了斑驳的树根，无情的岁月剥落了母亲的青春与健康，也让我们之间的话语越来越少，少到常常只是相对坐上几个小时。

但是时光隔绝不了我在母亲掌心写字时细微的声音，那是一种只有母亲和我才能听到的声音，美不胜收，宛若天籁，沐浴在这熟悉的声音里，我的心绪会一点点平静下来，所有的忧郁与愤怒都会消失殆尽，取而代之的是满满的温馨与幸福。

每一次，当我要在母亲掌心写下心中秘密的时候，都要切断所有与外界的联系，对于我来说，这是一个神圣的时刻，这一刻，只是属于我与母亲的时光。我知道，虽然此时此刻，我早已长大成人，承担着照顾双亲、支撑家庭的重任，但在母亲面前，我依然是那个充满疑问需要依赖的孩子。

在寒冬温暖一朵花

寒冬里，发现一朵花是一件不容易的事情，尤其是这花不是傲霜的菊，不是吟雪的梅，它只是一粒小小的不知名的黄花，柔柔弱弱，藏身于一处破败的墙垣，不散清香，不语冰寒，只是默默绽放着，在这个并不属于花朵的季节里。

我猜想，它是错过了那个绽放的季节，因为久居僻所，阳光疏淡，雨水稀少，它的成长才延展到了万物凋零的寒冬。春日播种，夏日成长，秋日收获，冬季死亡，在这朵小小的黄花面前完全颠倒了过来，我不清楚它是在哪个季节被哪一只飞鸟衔来了此处，但我知道，它一定是渴望绽放的，因为它的花朵细看起来，是如此的灿烂而奔放。

那是一朵六瓣的花，淡黄色的花瓣，细若须发的花蕊，在雪色的映照下，它如同一枚小小的太阳，伫立于雪地之中，散放出氤氲的暖色，倔强而执着，矫然而不群，这不正是青春的底色吗？

看着这小小的花朵，我禁不住俯下身来，试图用手去呵护它寒风中飘摇的身躯，但出乎意料的事情发生了，就在我的手接近它的时刻，一粒细小的冰晶突然从它身上滑落下来，原来这弱小的花朵竟然是包裹在透明的冰晶之中，怪不得我第一眼发现它的时候，会觉得它在黑暗中闪闪发亮。

我相信，哪怕它的茎叶花都被冰寒包裹，它的根系也一定是温暖而有力的，否则，它的绽放不会如此持久，或许，我想给它的温暖它并不需要，因为在这个特殊的季节里，它早已在根系深处生发出了一种力量，这是渴求绽放的力量，也是追寻隽永的力量。

在寒冬里温暖一朵花，这个理所应当的命题，最终竟成为了一种徒劳，但我并没有沮丧，相反，我心中充盈了深深的敬意，我要感谢这朵我想要赠予温暖的小小黄花，因为它反而为我的内心注入了一种温暖，这温暖别致而深邃，它摒弃了芳香与华丽，却将一粒孕育希望的种子埋入了我的内心深处。

因此，当我告别这朵花的时候，我将脚步放轻，甚至连呼吸也放缓，我怕会惊动它的美丽，会惊动它对人间的温暖赐予，我知道，它就是我人生中那些最朴实无华的朋友，总是在我最需要的时候向我伸出温暖的双手，我相信，无边的寒冬会因为它的存在而变得温情脉脉，人生，亦如是。

盈满的月光不忧伤

她是个喜欢夜的女孩。在大学校园里，每当暮色降临，舍友们大多都被男友邀约，纷纷花前月下而去，只有她孤守在空荡荡的宿舍，聆听着遥远处的喧哗，与一抹寂寥的月光为伴。

她不美，终日素面朝天，穿着冷色调的衣服，平凡而朴素，来自大山深处的女孩大多数都是这个样子，她只是其中普通的一个。但她也与众不同，她没有其他山里女孩的自闭与自卑，相反，她喜欢这种平静和不被打扰的生活。

每当夜色来临，一抹月光总会与她平静如湖的眼神相遇，那一刻，会有浅浅的涟漪波动荡漾，每当心有所感，她都会摊开那本素雅如草的青色日记本，用手中的钢笔勾勒出这平凡日子里开放的一朵花或是隐藏的一根刺。

走出大山的前夜，母亲对她说出了自己的秘密。原来，当年母亲离开大城市来到这座贫瘠的大山，除了要追随执意回到大山任教的父亲的脚步，还有一种强烈的好奇感，母亲想知道，究竟是怎样的一座山能够孕育出这些如同一个模子里刻出来的大山孩子，他们坚强、执着、沉默、真诚，最令人惊奇的是，他们进入大学的目的竟然不是为了挣更多的钱过上更好的日子，而是为了在学成之后再次踏入大山。这样的一生究竟意义何在？

她有些不理解母亲，如今的大山早已不是原来的模样，丰富的电视节目和包容万象的互联网让她小小年纪便知道了山外世界的流光溢彩，而即将走出大山进入那个精彩世界更是让她心中充满希冀，可是母亲却在这个时候告诉了她这样一件事情。

母亲看出了她的不以为然，也就没有继续说下去，轻轻叹了口气便走开了。她则想起了曾经看到的一张母亲年轻时的相片，相片上的母亲清清爽爽，有着一股城里人才有的润泽气质，可如今的母亲面色灰黄，早已与大山里土生土长的女人并无二致了。

来到大学所在的城市，她才知道母亲所说的没有错，这里有着浪漫与华丽，让人心思浮动，可总有着那么一些不踏实，这里的人很多，却都在急匆匆地行走，彼此间视而不见，不像大山里，大家慢慢悠悠地，遇到个乡人便能寒暄良久。在大学校园里，她也确实见到了那些电视中常见的美女与帅哥，但不知怎么，她与他们交谈几句之后，便会不自觉地抽身而出，因为他们说的都是些自己无法了解的事物，诸如某某高档化妆品，某某名车，某某品牌手机，等等。

她也曾刻意想去融入这个地方，却渐渐发现，伴随着这种所谓的融入，自己的内心竟然会被一些惶恐与迷茫所占据，而且来自大山的她也没有足够的钱去继续这种所谓的融入。最终，她选择了放弃，不再刻意去改变自己，她恢复了自己在大山中的习惯，一个人静静地在月光下思考与书写，记录下每一天的自己。

四年时光就这样在平静中度过了，毕业时，她拿到了全校最高的奖学金，作为毕业生代表在全校师生大会上发言。

那一天，她依然素面朝天，穿着冷色调的衣服，站在高高的主席台上，她的声音平静而坚定：“感谢学校对我的教育，让我学到了我想学的知识，取得了一些小成绩，也获得了一些大公司的青睐，很多同学都想知道，我到底会选择接受哪家公司的邀约，那么，我想告诉大家，我会回到我的家乡，那座大山深处现在最缺的是一条足够宽阔与坚实的马路，我想我的专业也许会对此有所帮助。”

她所学专业是土木工程，四年里，她把全部精力都用于学习这个严谨刻板的专业，写出了不少见解独到的论文，已经在业界小有名气。

那一天，听完她的毕业发言，会场竟然罕见地陷入了沉默，那一刻，她站在众人目光的焦点处，第一次在众目睽睽之下感受到了月光寂静的味道，最后，还是白发苍苍的老校长打破了寂静：“我要感谢这位同学，因为我也是大山里走出的孩子，没有回到大山是我这辈子最大的悔恨，每当深夜醒来，我都会感到自己内心深处的羞愧，我想，我们都要感谢这位同学，因为她让我们知道了人生的意义所在。”

片刻之后，掌声雷动。

毕业前的那天夜里，她失眠了，独自一人来到寂静的小阳台，她发现，今夜的月光异常明亮，饱满的月光把大地上纷繁的万物梳理得错落有致，在静谧的月华笼罩下，繁华的都市与静寂的大山渐渐融为一体。此刻，盈满的月光不再忧伤，而是充满着梦想与希冀的味道。

温柔的慈悲

走在街上，风云突变，一场大雨倾泻而下，因为没带雨具，我只得和儿子躲在一家超市的屋檐下暂避，与我们共同避雨的，还有一对衣衫褴褛的老夫妻，两人手中各拿一个白色的编织袋，袋子鼓鼓的装满了捡拾来的垃圾。

夫妻两人身上散发出难闻的气味，因为我和儿子站在下风口，一股酸臭便冲入了我们的口鼻，我皱起眉头强自忍受，五岁的儿子却不懂掩饰，大声叫了起来："好臭啊！"

听到儿子的话，老夫妻露出了尴尬的表情，我正想向他们解释一下，老婆婆开口了："真是对不起啊，俺们身上这味熏着娃娃了吧，要不咱们换一下位置吧，你们到这边来，就闻不到味了。"

我其实也被这味道熏得有些心烦意乱，刚想点头答应，突然发现这屋檐非常窄小，只能让一个成年人来回走动，如果想换位置，必须有人从雨里走过来，看着越下越大的雨，我下意识地皱起了眉头。

就在我犹豫的时候，老夫妻突然走下台阶冲入雨中，看到他们快步向我们这边走来，我突然觉得心被剧烈撞动了一下，我连忙让儿子从屋檐下走到了上风口的地方。

其实，换位置总共也就几秒钟的时间，但是瓢泼大雨还是无情地打湿了老夫妻破烂的衣服，此时更令我感动的一幕发生了，只见老夫妻一走到屋檐下，老公公立刻把老婆婆拥入了怀中，似乎是想给她传递一点温暖，我注意到，其实刚才在雨中的时候，老公公就一直在为老婆婆挡遮风雨。

我向他们走近几步，说："大爷大娘，真是对不起了，让你们淋湿了衣服，等雨停了，我给您二老买两件衣服吧。"

躲在老公公怀中的老婆婆不好意思地笑了，她说："没什么，俺们乡下人哪有这么娇贵，一会儿衣服就干了。你看好娃儿吧，别让他淋雨着了凉。"

我走到他们身边，执意和老公公握了握手，这一刻，我已完全闻不到那种刺鼻的酸臭了，因为我发现，他们心中的那一缕馨香足以让这个小小屋檐下的世界变得芬芳无比。

那一天，我和这对拾荒的老夫妻攀谈了许久，一直到雨停下来都浑然不觉。原来，老夫妻家住百里之外的农村，因为儿子生病需要在医院长期医治，只得来到这里一边打工挣钱，一边给儿子治病。但是，无论生活多么艰难，老夫妻都没有想过去求人，他们每天结伴早起晚归，靠捡拾垃圾废品维持生活。

老夫妻的坚强与自尊令我肃然起敬，临别时，我掏出钱想留给他们，但他们拒绝了我的好意，他们对我说，儿子的病还有半年就能医好了，他们会回到乡下去，这里的人太忙碌了，其实生活已经很好了，却还要追逐更好，这样生活太累了。

他们朴实的话语让我产生了深深的思考，在职场中日夜奔走忙忙碌碌的我们，似乎是目光越来越高越来越远了，却不曾留意到，我们的心门却是越来越窄了，生活日渐逼仄，心灵有了逐渐丧失自我的倾向，而今天，这对老夫妻让我感受到了一种温暖的慈悲，这是一种跨越物质浸透人性的大爱，令我感动之余，也对人生的真谛有了更深刻的理解。

住在心里的朋友

有一些朋友，如果不是用心去想，是无法记起的。他们湮没在岁月之中，与我们的生活再无交集，有的人可能只是同吃过一顿饭，有的人则是一起走过一段路，我们与他们萍水相逢，淡然相处，微笑告别，虽然道别时总说有机会还要重逢，却从来也无人当真，我们心安理得波澜不惊地将他们置于了脑后。

只是，与他们相处时的某种感觉却留了下来，我们也许并不自知，但这种淡淡的感觉却自行进入了我们的心里，它如暖阳般和煦，如朗月般皎洁，在不知不觉中已洗涤了心头的浮躁。事实上，那些萍水相逢的朋友已经借助这种奇妙的感觉入住了我们心中，他们默默修缮着内心的樊篱，让我们被繁琐人世熏染得近乎迷失的心灵获取了短暂的休憩，这种休憩弥足珍贵，因为它是可遇而不可求的。或许，这就是佛家所说的缘吧。

记得多年前，我独自一人孤旅至江西，突遇大雨，无处躲藏，一位路人将他的伞与我共享，虽然只有短短的十几分钟，我却发自内心的道出了“谢谢”二字，当他淡然离去，面孔也随之在我心中模糊，但一缕源自心灵的暖意却留了下来；还有一次，参加一次业务培训，结束前的晚上大家聚餐，我不胜酒力，竟醉倒在了酒桌上，一位素不相识的朋友硬是背着烂醉如泥的我爬上了没有电梯的六楼，将我安置好之后便悄然离去了，第二天，我清醒之后，这位朋友已经返回了远在千里之外的家，由于当时通讯条件不发达，我竟无法打个电话向他道声“谢谢”，更遑论记下他的相貌了。

因为萍水相逢，所以无关利益，因为转瞬即分，所以彼此更愿留下一份美好给对方，这是人的天性使然，没有任何原因。那些住在心中的朋友默默地告诉我，缘就是缘，无关深浅，只要彼此相处的时光真诚而简单，那么，这份缘便能修成果，果也无论大小，因为彼此根本没有在意其中的得失。

这些萍水相逢的朋友就这样来了又去，或许走在大街上打个照面我都不会认出他们，但是他们留在我心里的那种感觉却长久地留存了下来，而我也总会在不经意间将这种感觉传递给更多的陌生人。从某种意义上来说，正是他们构筑了我内心深处的一个家，为这个家种下了绚美的花朵，植入了和煦的阳光，而这个最隐秘也是最温暖的地方，我也愿意与所有住在心中的朋友共享。